献给惠来县建县五百周年

惠来百景诗

林锡彬　著

羊城晚报出版社
·广州·

图书在版编目（CIP）数据

惠来百景诗 / 林锡彬著. —广州：羊城晚报出版社，2024.3
ISBN 978-7-5543-1306-0

Ⅰ.①惠…　Ⅱ.①林…　Ⅲ.①律诗－诗集－中国－当代
Ⅳ.①I227.7

中国国家版本馆CIP数据核字（2024）第035252号

惠来百景诗
Huilai Baijingshi

策划编辑	朱复融
责任编辑	朱复融　潘子扬
责任技编	张广生
封面题字	林锡彬
装帧设计	友间文化
出版发行	羊城晚报出版社
	（广州市天河区黄埔大道中309号羊城创意产业园3-13B
	邮编：510665）
	发行部电话：（020）87133824
出 版 人	陶　勇
经　　销	广东新华发行集团股份有限公司
印　　刷	广州市友盛彩印有限公司
规　　格	787毫米×1092毫米　1/16　印张10　字数　100千
版　　次	2024年3月第1版　2024年3月第1次印刷
书　　号	ISBN 978-7-5543-1306-0
定　　价	58.00元

惠来風光好

癸卯夏 厉有为

序一

惠来文化的基因图谱

——读林锡彬先生《惠来百景诗》

罗锡文

　　天人合一是中华传统文化最重要的精神内核。山川草木蕴含着宇宙的信息密码，先民在广袤的大地上寻找栖息地，在漫长的"解码"中不断发现宜居宜业之所，在山水之间繁衍生息，与天地和自然界万物和谐共生。已经解码的大自然的信息，逐步形成人类的集体记忆，影响着人类的所有活动；人类活动又进一步强化了各种特定信息的记忆，这就形成了族群的文化基因。

　　林锡彬先生《惠来百景诗》14卷共100首律诗，就是惠来文化基因的自然排序和拼图，是迄今为止较为完整的惠来文化基因图谱。

　　承载大自然信息最多的，应属山岳河流。古人所推崇的诸如"昆仑龙脉"和"金陵王气"，与西安、洛阳、开封、北

1

京、南京等作为"古都"的成因，都离不开山岳屏障和河流滋养。《惠来百景诗》卷一、卷二用7首诗勾勒出惠来的山川形势，这就是先民安居乐业、先贤修身治学的重要依凭。由诗人解读出来的山川的形神精要，代表的也是惠来人的性格与文化特质，如"横截南天潮水啸，独当北国凛霜锋。文官下轿武牵马，到此威仪自敛容"（《金刚髻》）和"更数棋坪车马阵，银川故里世无双"（《隆江》），惠来人的勇武与智慧，无不源于山水的钟灵毓秀。

在人类历史的漫漫长河中，先民和先贤都有利用自然规律，对山岳河流进行有利化或无害化改造的强烈愿望和实践。中华传统文化中，夸父逐日、精卫填海、愚公移山和大禹治水等传说和记载，都体现了这种诉求。卷三、卷四记录了港口和水库，这是历代惠来人移山改水最主要的成就和痕迹，"盈盈氧气山山绿，振振秧田片片蓝"（《石榴潭水库》），这种利用、改造不仅与惠来人的生产和生活息息相关，而且也深刻影响惠来的经济、文化和社会发展；因有诸如"三龙吐出港成珠，直向天南辟坦途"（《神泉港》）的出海之便，郑和西行、郭老南渡才成为可能，在惠来的文化传承中，又因此嵌入了丝路文化和红色文化的基因。

自然环境的信息密码和文化基因对惠来文化的作用，与生物学上遗传基因对生物体的作用一样，多数表现为物种和族群的共性。但在特定的时点和环境中，个体的某个基因片段如果被触发，就会释放出巨大的能量，这就是英雄或圣人出现的契机。《惠来百景诗》卷五、卷六中列举的先贤与先烈，观感上有时是横空出世甚至是从天而降，但这些人物的出现，是他们身上所承载的文化基因在特定历史时期与社会环境下被诱发的结果。无论是袁枚和王世贞推崇备至的"随园一字如华衮，元美金言盖国中"的神童苏福，"六万途程八十载，百三四岁一朝眠"的高僧宋超月，"廉明冠世承文献，大义琴心足相如"的岭南名臣谢正蒙，打响"淞沪战役"第一枪、"坚壁横陈西岭铁"的抗日名将翁照垣，还是为了建立和保卫人民政权、为保家卫国而抛头颅洒热血的彭湃、许玉磬、林祖武等英烈，都是惠来山岳河流和文化基因赋予的勇武和智慧特性在个体身上的呈现。先贤和先烈的行为、事迹、功绩、著述与精神，又深刻地烙印在惠来的文化记忆中，融为新的文化基因。

承载文化基因除了族群血缘、语言、民俗和家风家教等的代际传承之外，还有各种自成载体的物质性文化遗产和非物质文化遗产。《惠来百景诗》卷七至卷十一，庙宇、祠堂、古迹、名胜、浮屠各卷内容最为充实。这五卷系统而精要地描绘中华民族传统文化中儒释道三教在葵阳大地的主要修行和活动场所、乡土文化与传统文化的结合成果以及本土文化与外来文化相融合的新事物。既有大自然不可思议的超强力量与鬼斧神工留下的天然景观，也有前人战天斗地、抵御外侮、自强不息、弘法倡道的遗迹。

庙宇文化的繁荣是潮汕文化尤其是葵阳文化的特点之一。"天下名山僧占多"是真实的景观，也是惠来人之福。林锡彬先生旧作《水龙吟·谒南京中山陵》中"朱明德薄，当年岂敢，纵观吴楚！"的见解，已经体现了这种理念。明王朝为一家一姓之私利，当然没有孙中山先生"天下为公"、为亿兆国民谋福祉的胸怀和气度，明孝陵选址不敢"纵观吴楚"就不足为奇了！传统堪舆学和现代环境学都认为，山川排列和水流走向，以及人类居住和重要活动场所都能够深刻影响个体和族群的思维、行为、性格、文化和运数（发展前景），这完全符合唯物论的观点。

设若天下的"风水宝地"都被一家一姓所据，那么可能的结果就是无数的草头王或者寡头为一己之私纷争不止，普罗大众就无法体验到"拱作霓虹调雨顺，梁挑日月对云横"（《永福寺》）、"常将妈祖调风令，更作慈航化雨旌"（《靖海天后宫》）、"千年阅尽朝更迭，百里遥知众苦艰"（《庄严禅寺》）和"千年并老山河寿，同守中华无际涯"（《广利王庙》）的法乳普遍和人天果报了。林锡彬先生诗中对占用名山修建坟茔的行为和企图也予以毫不留情的鞭挞，如"范家未解希文意，忍把新坟葬上峰"（《犁头崇》）与"竟拟营私作墓茔，乡人几度梦中惊"（《甘泉寺》）就如当头棒喝！

卷十二和卷十三分别为名校和文化，是赓续惠来文化基因的教育和文化机构，这是当代惠来人重要的精神归属和文化认同。岭南名校惠来一中"白话开山堪鼻祖"的传统，就是一中校友乃至所有惠来学子敢为人先的底气；"三十年轮圈可点，十三颗子业曾经"的惠来诗社、"林门有德传文化，信众无灾袭祚庥"的妈祖文化交流协会，都是在全国有重要影响的县域社团，是惠来文化成就的新亮点！葵阳影剧院、葵阳公园、东港公园等所有的文化设施，都正在以"润物细无声"的方式传播惠来文化，给惠来人民以文化熏陶。

"唯美食与爱不可辜负"是一句充满哲理的网络语言。民以食为天，在任何年代都不过时。当基本的物质需求获得满足之后，美食就被寄予了更多的文化和情感，"妈妈的味道"和"家乡的味道"是永恒的追求。"莼鲈之思"，是诗人和圣人都无法抗拒的诱惑。《惠来百景诗》卷十四用8首描写美食的诗压轴，已经吊足了读者的胃口。隆江猪脚、靖海豆辑、隆江绿豆饼早已成为闻名天下的"中国料理"，所传递的文化信息已经远远超出爱与美食的范畴。"味宜四面八方蕾，肥合三高两性脂"（《隆江猪脚》）、"犹忆娘亲双手巧，一鱼多菜满堂欢"（《惠来鱼丸》）、"珍奇亦有兴衰运，犹似沧桑见短长"（《靖海鲍鱼》）充满伦理性、社会性和家国情怀的哲思。

惠来是真正的海滨邹鲁，文化名邦。有奇绝天下的自然景观海市蜃楼，也有光耀古今凭诗立祠的神童苏福。入诗百景，都是葵阳文化具有标志性意义的景观或文化载体，形成了惠来文化的全景。惠来百景经过诗人的文化提炼和诗化再现，构成了惠来迄今最为完整的基因图谱，必将为惠来的文化发展起承先启后的作用。鹳雀楼、岳阳楼、滕王阁、黄鹤楼千百年来能够多次重建，靠的就是诗文在文化传播中强大而且持久的作用；用竹木蒿茅搭建的杜甫草堂，经千百年仍可以数度复活，依靠的就是残存于诗词中寥寥数语隐含的基因片段。有了《惠来百景诗》标注出来的惠来文化的基因序列和拼图，不仅所有物质类文化遗产和非物质文化遗产都可以得到有针对性的发掘、抢救和保护，类似于"基因编辑"的文化建设、远景规划也有了基本的蓝图。期待惠来人以建县五百年为新起点，再造千年辉煌！

2023年4月27日于鹭栖湖

序二

诗化方志　情著乡关

——读林锡彬先生《惠来百景诗》

邹国荣

　　读罢林锡彬先生《惠来百景诗》，直觉自然人文采采，诗风雅韵咬咬，令人心旷神怡。《惠来百景诗》百首律诗分十四卷，其中四卷描状惠来县自然景观，涉猎山岳、河流、港口、水库；十卷咏叹人文景观，触及先贤、先烈、庙宇、祠堂、古迹、名胜、浮屠、名校、文化、美食。一本《惠来百景诗》就似一部惠来县志，而且是一部带有唐音宋韵的县志。

　　"月是故乡明"，林锡彬先生以其诗人意趣，赤子情怀，将全身心倾注于故乡山水人物之中，如此情感，如此志趣，如此诗心，如此作为，堪为诗词爱好者之楷模。我曾多次去过惠来，游览过其中的一些景致，接触过其间的风土人情，对惠来山水的雄奇壮丽，人物的杰出俊秀，风土的淳朴敦厚，美食的特色隽永，已烙印脑海，也曾经写过一些诗词，所以读罢该组诗顿生高山流水遇知音之感。故不揣浅陋，也浅谈一下林锡彬先生《惠来百景诗》的艺术特色及成就。

一、各具其貌、各扬其神的山水精灵

写好山水诗最基本的要素就是要写出山水的形与神，使之形神俱备。或起伏连绵，浓密嶙峋，或突兀峻拔，磊落蜿蜒，笔须描其形，情须敷其形，使之形象毕露；或胜地仙境，清幽缥缈，或清奇雅秀，如诗似画，形须抽其神，诗须吟其神，使之神采飞扬。最忌影像糊涂，失神落魄。最忌众形一貌，千形一神。我的《诗论三十品》中的《有我》"山重水复九州雄，华岱嵩衡景不同。策杖吟来应有我，千痕屐齿味无穷"所论的就是这一情形。《惠来百景诗》中描写惠来山水的七律就颇得个中三昧。如《犁头崬》：

"挺起犁头化景龙，向东跌宕万山重。拱成葵岭明开县，汇合潮州后属榕。荔果冰心人皎洁，菠萝剑气叶霜锋。范家未解希文意，忍把新坟葬上峰。"这就是一首具有自家特色、形神兼备的七律。犁头崬，形如其名，首联用白描的笔触把犁头挺了起来，向东挺立在万重山峰之中。这就是犁头崬的特质，自家的面貌，用在其他的山上均不合适。当下诗坛有不少写名山的诗作不见其特征，适合于普天下之山，不能不说是败笔。此诗额联和颈联分别从犁头崬的地理位置和物产上描绘出它的相属和自身的特质，使其神含蓄其中。"冰心""皎洁""剑气""霜锋"也从侧面映射出犁头崇之魂魄。尤其尾联对破坏犁头崇形象的劣行进行了鞭挞，范文公有知，也将斥为不齿。再如《金刚髻》：

"双髻凌霄百岭崇，金刚一号便殊峰。海门东望帆晨影，榕石西来寺暮钟。横截南天潮水啸，独当北国凛霜锋。文官下轿武牵马，到此威仪自敛容。"这首七律，诗人也较好地把握了金刚髻的形、神精要。首联使金刚髻的形象跃然纸上，中二联敷情于形，抽象出神，使之品格提升，让尾联落地有声，从容不迫。全诗钟灵毓秀，映射出惠来人的勇武智慧和文化特质。

诗人写山如此，状水也如是，尽显其功力。如《盐岭河》：

"梦回盐岭路崎岖，河水清泠向海隅。难舍殷殷洪厝埠，畅怀浩浩白沙湖。三江指点居中势，八女曾经倚傍厨。此去南溟肠九曲，但知一脉系荣枯。"此诗前二联状盐岭河之形胜，后二联咏盐岭河之人杰及功用。"清泠""殷殷""浩浩""居中""倚傍""肠九曲""系荣枯"，如此笔墨，尽显盐岭河之形胜与神威。再如《神泉港》：

"三龙吐出港成珠，直向天南辟坦途。西下郑和仓廪地，投洋郭老过关衢。归帆叶叶霞争色，渔市家家客满垆。当日隆江更改道，至今沙咀骂糊涂。"神泉港位于惠来县城南十里，龙江、盐岭河、雷岭河汇集于此出海。它与靖海港、资深港并称惠来三大港口。"三龙吐出港成珠，直向天南辟坦途。"首联以传神之笔描绘出神泉港之形胜，且特征明显，"三龙吐珠"唯仅见。"西下郑和仓廪地，投洋郭老过关衢。"颔联形神兼备，更具人文活力与精神。从而使诗增加了不少的厚重。

郑板桥在赠黄慎一诗中写道："画到情神飘没处，更无真相有真魂。"相与魂是共存于同一事物之中的两个方面，既矛盾又统一。无相则不知其为何物，无魂则视之其为死物，只有相魂俱备方为上品。真相是前提是基础是物质的，真魂是提炼是精华是精神的。只有到了"情神飘没处"，才能"更无真相有真魂"。在形神兼备修炼方面，诗人林锡彬先生做出了许多努力，成就斐然。

二、扬善植德、气韵清华的人文精华

白乐天有言，诗之功用，有为己为他之别。为己者独善其身，为他者兼济天下。讴吟民间以疾苦，讽诵国家以兴衰。隆重典礼以雅歌，鼓舞军旅以壮词。倡忠孝而厚人伦，导教化而移风俗。系念群生，此其长也。诗者当如习近平总书记所言"为世人弘美德"。极兴观群怨之所能，歌时代之风采，铸民族之灵魂，呼民生之气息，咏家国之梦圆。我们评论诗之优劣自当要看诗之功用、诗之品格。《惠来百景诗》歌咏人文景观的有十卷，涉及先贤、先烈、庙宇、祠堂、古迹、名胜、浮屠、名校、文化、美食，各卷内容丰富多彩。阅读林锡彬先生《惠来百景诗》你会感受到诗中的敷文植德，大道高义，激浊扬清，满满的正能量。如《方汝楫》：

"霞染风云作党旗，英雄汝楫血纹丝。救民推举新文化，报国熔经小铁锤。书记无薪多险阻，亲娘有病欠钱医。当时死节从容步，赢得一身铜铸碑。"在诗人笔下，一位早期的共产党东江特委书记坚信党的信念、点燃革命星星之火、救国救民、勇于献身的高大形象显现在世人面前。又如《永福寺》：

"榕石众仙衣钵承，宋禅鉴辩释明生。南天一脉通南海，北栅诸门壮北盟。拱作霓虹调雨顺，梁挑日月对云横。时从阵阵经声里，已感新冠欲肃清。"末联使虚无幻境回到人间，使释家教义落到实处。诗语虽浅，境界豁然。再如《惠来一中》：

"百年大树种英雄，气压东南誉国中。白话开山堪鼻祖，旌旗漫卷数奇功。偲偲当日仪容在，切切今朝子弟衷。经雨经风存定力，砚池长映太阳红。"诗中通过"大树""白话""鼻祖""旌旗""偲偲""砚池""太阳红"这些带有特色喻示、事件、印记的词汇敷陈述说，使惠来一中尊教重学、引领潮流、传播革命、教书育人、名师林立、英才辈出的名校风采彰显了出来。诗之"为世人弘美德"的功用也在作者的诗中得到了张扬。还如《隆江猪脚》：

"葵阳经往品殊滋，竞问隆江猪脚奇。武火文攻时半晌，老抽熟酱酒些儿。味宜四面八方蕾，肥合三高两性脂。食肆名牌争注册，一壶伴醉入乡思。"隆江猪脚，得名于原产地隆江镇。隆江猪脚，肥而不腻，入口香爽，深受消费者喜爱。其秘制的卤料配方中有中药材香叶、八角、桂皮、陈皮、冰糖和酒等，经从武火到文火的控制烹煮形成美食中的珍品。诗人选取如此题材而诗之，足见诗人的民生情怀、故土情结。诗人用细腻的笔触描摹出隆江猪脚的特色风味，使人感受到惠来乡土的舌尖文化和悠然乡愁。

三、纤秾缜密、沉着自然的诗韵精品

《惠来百景诗》洋洋洒洒一百首七律，通观篇章，尽见芳华，尽闻妙音，而细析诸篇，又各自得法，各自溢彩。或绮丽劲健，典雅高古，或含蓄清奇，洗练简洁，可感作者笔法老道，功力深厚，舒展自如，炉火纯青。如《玉华塔》：

"直入苍冥振玉华，烟云开拨引流霞。半空远眺三十里，一夕导航千万家。从此神泉多圣事，更移蜃景筑天涯。悠悠遗憾思王玮，窥视可曾临县衙。"此诗开篇便觉威威凛凛，雄风嗖嗖，紧接着可感其伟岸统领之势。真得司空表圣"大用外腓，真体内充。返虚入浑，积健为雄。具备万物，横绝太空。荒荒油云，寥寥长风。超以象外，得其环中。持之匪强，来之无穷""雄浑"之境。又如《隆江绿豆饼》：

"隆江兼擅饼炮煎，绿豆杏仁糖细研。情足稠浓缠眷侣，意真素淡供神仙。酥皮透澈千层薄，巧手生香五味鲜。卷卷看来轻又重，百年万里寄团圆。"此诗信手拈来，娓娓道出，言辞朴质，内涵翔实，剥茧抽丝，层层味出。"俯拾即是，不取诸邻。俱道适往，著手成春。"深得"自然"之法。再如《靖海古城》：

"春日回乡未解鞍，登阶抚石数砖残。瓮城胜概威仍在，颓阙安澜路更宽。历历烟波青史碧，棱棱墙角老根盘。难忘福聚千户总，武德将军首任官。"有中二联在，全诗就有了筋骨，就能挺立。诗中古意溢出，沧桑毕现。自见其之"精神"。还如《澳角炮台》：

"高攀环壁绕苍榕，荫蔽炮台如覆钟。一柱南天撑海岳，连云烽火抗兵凶。魂飞鬼哭倭奴恨，水笑山呼国耻冲。换得浑身穿弹洞，千秋忠烈展尊容。"首联状景，形胜其中，颔联说势言史，转结傲气浩气荡漾。真得司空图"天风浪浪，海山苍苍。真力弥满，万象在旁""豪放"之味，诗自然就可读堪品了。

2023年5月11日于无为斋

13

自 序

短引

惠来风光，辉煌灿烂。

一步一景，何止千万。

我写百景，曾经我眼。

吾咏所知，唯取景观。

山雄水秀，多无赏玩。

花开花落，惜少吟研。

鳞潜羽翔，尚难认辨。

先烈先贤，瞻仰未全。

大好河山，独占东南。

置县兴邦，五百年间。

南海如母，乳汁源源。

南山如父，厚爱磐磐。

不歌不孝，失敬失贤。

时光错过，悔恨难言。

欲竭鄙怀，遥望南天。

驰思故里，星海漫漫。

无从落笔，千绪万端。

犁祟嵬嵬，仙庵冉冉。

业乏所功，鲜闻寡见。

学无所树，应用犯难。

幸有师友，扬长避短。

更借明时，勉强成篇。

草率之余，请为明鉴。

谬诬之处，望予海涵。

2023年5月

目录

1

目录

卷十四　美食

附　录　贺诗

跋

卷一 ◆

山岳

犁头崀

挺起犁头化景龙，向东跌宕万山重。
拱成葵岭明开县，汇合潮州后属榕。
荔果冰心人皎洁，菠萝剑气叶霜锋。
范家未解希文意，忍把新坟葬上峰。

犁头崀，位于县城西北26公里处，海拔822.7米，为惠来境内第一高峰。山脉由这里向东绵延85公里，形成了惠来县背山面海的形势。可以说，犁头崀是群龙之首。中部的葵岭诞生惠来，于明朝置县，前属潮州汕头，现属揭阳（简称"榕"）管辖。这里盛产荔枝、菠萝，其美如民情，其态如侠客，诚可爱也！犁头崀近期有范氏新坟葬上山顶，真是不可思议！

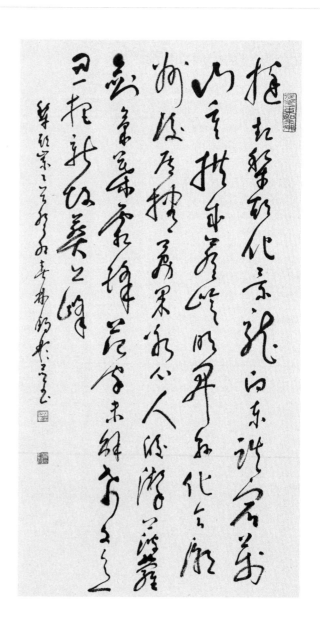

葵岭

葵岭穿云似父严，石榕更抚美须髯。
向南生长惠来郡，面海名流玉笏尖。
满眼荔枝红透顶，三江灯火看飞檐。
难忘孟训开疆土，五百年间共仰瞻。

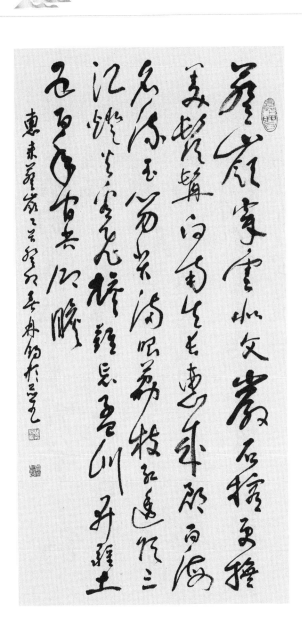

葵岭位于县城之北。县郡因坐落葵岭之南，故称葵阳。岭周边有"双荐屏峦""玉笏朝天"诸美景，人文鼎盛；有荔枝、菠萝、龙虾、海胆诸宝，物产丰富。明嘉靖三年（1524）置县（杨孟训为首任县令）起，迄今五百年矣！经世代辛劳，葵岭将更加美丽。

金刚髻

双髻凌霄百岭崇，金刚一号便殊峰。
海门东望帆晨影，榕石西来寺暮钟。
横截南天潮水啸，独当北国凛霜锋。
文官下轿武牵马，到此威仪自敛容。

金刚髻，又名金刚峰、金公过，海拔436米，位于仙庵镇境内，为惠来县东部最高峰。因山势峭拔，气场威严，古来经此地者，文官必下轿，武官必下马。

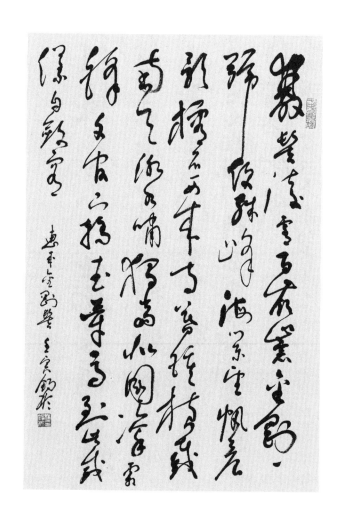

東流堂風雲

关门山

何愁海上起风云，山顶螭盘雷达军。
电眼扫描三百里，敌情研判忽微分。
巍巍天柱看肝照，脉脉心声入耳闻。
险隘一夫当万守，惠来自古恃关门。

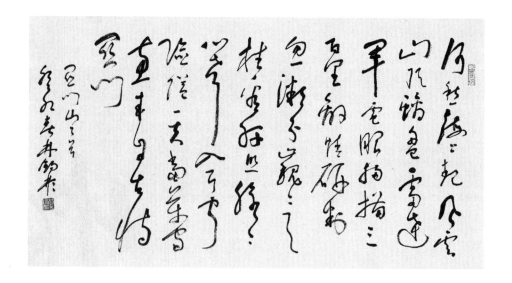

关门山，指周田镇境内的
关门山。它濒临南海，北连百花
峰，东望金刚峰，是周田镇境内
第一高峰。它是惠来东南门户，
有一夫当关、万夫莫开之险要。
山上曾驻扎解放军空军雷达部
队，镇守海疆。

卷二 ◆ 河流

惠来百景诗

隆江

天河飞掣入天窗，地下随形龙化江。
偏北山来图万卷，向南海去接饶邦。
兴农一脉田常绿，被旱何愁雨不降。
更数棋坪车马阵，银川故里世无双。

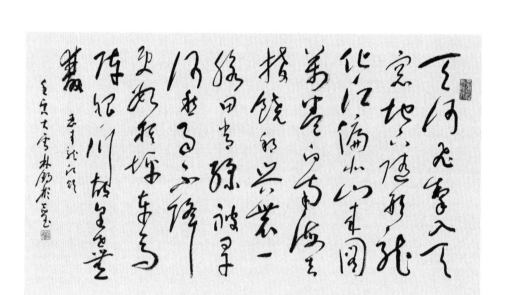

　　隆江，古名龙江，是惠来县最
大的河流，全长42公里，集水面积
357.5平方公里，是惠来县的母亲
河。为惠来八景之"龙江襟带"所
在地。河两岸英才辈出，中国象棋
世界冠军许银川就出生在这里。

盐岭河

梦回盐岭路崎岖，河水清泠向海隅。
难舍殷殷洪厝埠，畅怀浩浩白沙湖。
三江指点居中势，八女曾经倚傍厨。
此去南溟肠九曲，但知一脉系荣枯。

盐岭河发源于惠城镇盐岭村地域，流经洪厝埠、白沙湖、惠城镇诸地，与东边的雷岭河和西边的隆江河向南冲刷神泉港。盐岭是革命老区，是红军后勤保障基地。著名先烈南山八女，早期就在盐岭河边为部队帮厨。

鳌江河

浩浩鳌江半淡咸，发洪渍涝古来嫌。

边河相望双分县，北岳寻源十八尖。

莫煮莫耕论废水，能渔能渡值驰瞻。

多年垒坝施排灌，百里花香已满帘。

鳌江，发源于陆丰市境内十八尖山北坡，径向东南排出碣石湾，是惠来、陆丰两县边界河。由于受海潮倒灌影响，致使河水常年处于半咸淡状态，不能饮用，也不能耕种。但是，它作为主要的水上运输动脉，在当地发挥了很大作用。从20世纪60年代开始，两县政府长期在这里建防洪大坝、排涝设施，较好地解决了洪涝灾害问题。鳌江流域正在变成鱼米之乡。

卷三 ◆ 港口

惠 来 百 景 诗

神泉港

三龙吐出港成珠，直向天南辟坦途。
西下郑和仓廪地，投洋郭老过关衢。
归帆叶叶霞争色，渔市家家客满垆。
当日隆江更改道，至今沙咀骂糊涂。

神泉港位于县城南十里，龙江、盐岭河、雷岭河汇集于此出海。它与靖海港、资深港并称惠来三大港口。神泉港属于国家对外通商口岸，又是国家一级渔场，物产丰富。这里曾出现苏福神童，文化底蕴深厚。明朝郑和下西洋途经此地，建仓储物。1927年南昌起义失败，郭沫若至此滞留后赴香港。1979年，龙江下游改道，使神泉港淤塞，湾口沙咀延伸，港口功能几乎丧失。1985年，重新开挖港池，修防浪堤，逐步恢复港口功能，重现昔日风采。

靖海港

浪啃青山十里侵，象城兀突启胸襟。
挡风南海来天外，抛碇前门吃水深。
百姓同居边戍祖，千年恭敬嗣翰林。
夜阑月下螺声起，如报船归有担金。

靖海港位于靖海
镇，为大南山东南部集
水向东冲刷而成的天然
渔港。20世纪港门西
进直至十几里外的狮石
乡。后因生态变化逐渐
淤塞，目前仍然是渔船
避风良港。它与神泉
港、资深港并称惠来三
大港口。靖海镇居民系
元明时期朝廷戍边将士
的后代。秉持中原文化
底蕴，这里崇尚礼仪，
文风鼎盛。

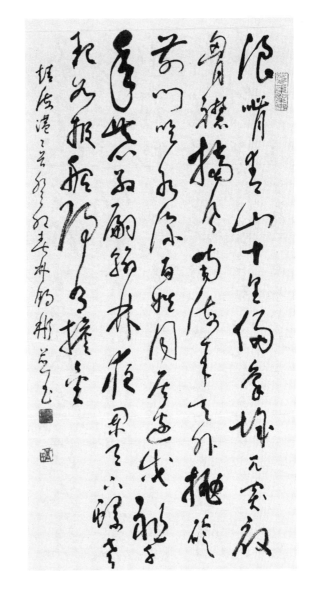

资深港

至爱资深生母地，海湾如镜寄浮槎。
帆飞逐日渔场近，舰敢追风拉美加。
鱼市天天迎夕月，银光载载接朝霞。
英雄水上何为恃，身后无忧港是家。

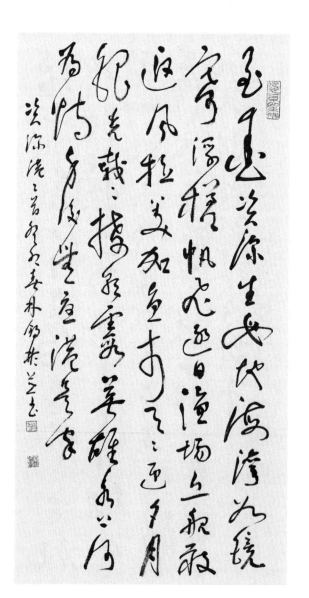

资深港隶属靖海镇资深村。这里是我母亲的出生地。它位于惠来县东部沿海，与神泉港、靖海港齐名，为历史悠久的著名渔港。

石榴潭水库

早年会战石榴潭，县长充饥画饼谈。
高峡渊澄今福利，生民富足水包涵。
盈盈氧气山山绿，振振秧田片片蓝。
再嘱挖坑填大坝，铁肩磨破亦心甘。

石榴潭水库位于隆江镇北部山区。我读初中时来这里参加过拦水大坝建设。当时大家都营养不良，肚子饿得慌，快干不了活了。一位副县长鼓励民工："这是粤东最大的水库，将来邻县都要向我们买水买电，我们的好日子快到来了。"大家受到鼓舞，又继续加油干了。回过头来看，抗旱防涝，保护资源，净化环境，石榴潭水库几十年来滋润人民，功德无量。修建水库确是功在当代、利在千秋的伟业，值得回味。

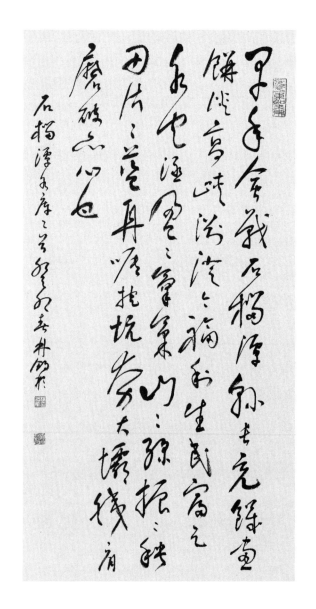

关门水库

缀岭连山大坝陈，收风蓄雨闭关门。

涓涓凝碧通灵玉，浩浩盈成聚宝盆。

俯望周田皆饱穗，遥思公社有深恩。

绸缪先事兴农策，水库英明第一论。

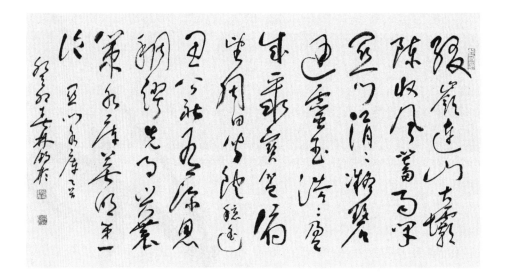

　　关门水库位于周田镇关门山和大南山南麓之间，建成于1958年公社化期间。它为周田、靖海、前詹诸镇的旱涝保收发挥了很大作用。尤其是农村城市化后的今天，关门水库为周边居民的饮用水提供了稳定和优质的水源保证。这个实在要归功于人民公社集体化了。

卷五 ◆ 先贤〔雕塑群·吴德灏作〕

苏福

孤联绝对柱虚空，六百年来坫上雄。
咏月无前三十夜，逢人唱彻晚秋风。
随园一字如华衮，元美金言盖国中。
从此甘泉馨海内，折梅教子学神童。

苏福（1372—1385），惠来神泉人。洪武初年举为神童，未仕而卒。8岁赋《三十夜月诗》，写农历初一至三十的月亮形象。明朝中期文坛领袖王世贞（字元美）誉以"视通万里""思空太极"，直追李白浪漫主义境界；清朝学者、诗人袁枚录其七首于《随园诗话》，并予高度评价。其他著名作品有《纨扇行》《秋风辞》《送林鼎元》等。

谢正蒙

娘伞树坡花季初，祭坑西拜谢家庐。
廉明冠世承文献，大义琴心足相如。
饱饮天涯甘洌水，著名宦海柏台疏。
勘灾一哭千秋恸，泪写民艰卓绝书。

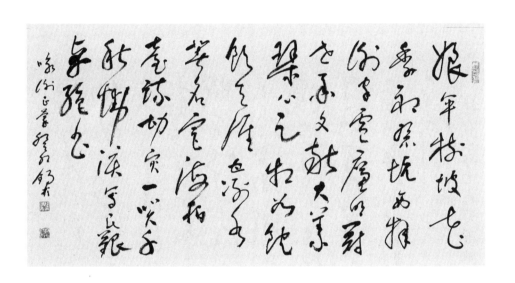

　　谢正蒙（1562—1631），字中吉，惠来华谢村人。幼年家贫，唯好学，废寝忘食。19岁为邑庠生，21岁举于乡，40岁选任广西桂林府灵川县知县，44岁补选潮广岳州安乡县令。在任时，政绩卓异，为官清正公廉，敢于劾亲王、批逆鳞。皇帝赐匾"清廉天下冠"。后人将他与张九龄、海瑞、徐马石同列为"岭南四名臣"。

宋超月

靖江名片临江仙，勘破茫茫出圣贤。
六万途程八十载，百三四岁一朝眠。
身归何处民心上，庙显如今嫡不偏。
东栅干云飞阁起，还看香火旺千年。

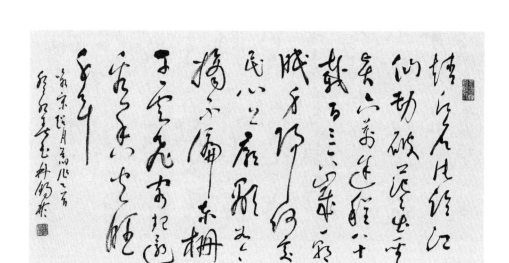

　　宋超月（1568—1702），隆庆二年
（1568）四月初七出生，惠来县靖海人氏，
号乙镜（俗称宋禅祖师），崇祯年间的诗
人、高僧，皈依佛门后，云游中外八十载，
行程六万里。返惠后创建永福寺，直至康熙
后期（1702）圆寂，享年134岁。

陈雪坡

操翰如椠气丰余，岐石滩涂有县胥。
退敌全凭三寸舌，通漕独创一尖锄。
不胜鬻爵弯腰体，托梦获麟归故居。
最是传奇天命后，雪坡四卷树扶疏。

陈雪坡（1518—1586），原名光世，字复振，明代龙溪都岐石里人。嘉靖三十八年（1559），他为道台林心泉拟定驱倭计策，取得胜利。后又上书兵宪张道台，陈述剿抚山寇海盗计策，为地方治安尽心尽力。嘉靖四十四年（1565）他任山东省巨野县令，凭借出色的口才，平息了一场关系两县的械斗事件。他教工匠铸尖嘴锄，利用这件先进工具，使拥堵的漕运尽早开通。晚年回乡，隐居二十年，著有《雪坡集》诗文四卷传世。

翁照垣

轩辕名将赴吴淞，赤县初醒半夜钟。
坚壁横陈西岭铁，擎天跃起惠来龙。
沉浮不系功成败，肝胆何须问去从。
南望香江云水渺，英雄洗马入群峰。

翁照垣（1892—1972），
名锦，字辉腾，葵潭镇人。
抗日民族英雄，打响"淞沪
战役"第一枪。1931年春，
翁照垣从日本陆军士官学校
毕业回国，即任十九路军第
七十八师一五六旅旅长。
1932年1月28日，淞沪血战
爆发。翁照垣率领全旅官
兵，在闸北、吴淞一带，与
日军血战33天，使敌人三次
增兵，四易主帅，侵略野心
终不得逞。此役，使翁照垣
将军成为举世闻名的抗日英
雄。1949年携夫人许淑真移
居香港。1972年病逝，享年
80岁。

方汝楫

霞染风云作党旗，英雄汝楫血纹丝。
救民推举新文化，报国熔经小铁锤。
书记无薪多险阻，亲娘有病欠钱医。
当时死节从容步，赢得一身铜铸碑。

方汝楫（1899—1929），又名章若，惠城镇西联村人。昔年与方凤巢等创办惠来青年社，创办红色刊物《小铁锤》，推广新文化、培养革命骨干。1926年入党，是惠来第一个共产党员。1929年4月，他当选为东江特委副书记。同年6月1日在潮阳县和平乡被捕。6月8日英勇就义，时年31岁。

卷六 ◆

先烈

惠来百景诗

彭湃（雕塑）

生于地主爱贫民，命里天然恻隐人。

农运大王旗首义，逆行家道马原因。

葵阳城铁何堪火，五福田深可播春。

入洞出山经万死，最难收泪辱娘身。

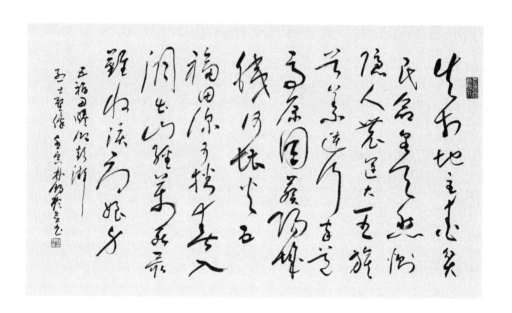

　　彭湃，出生于1896年10月22日，海丰县城郊桥东社人。出身于一个工商地主家庭。为中国共产党早期农民运动领导人，毛主席称他为"中国农民运动大王"。他是中国第一个农村苏维埃政权的创立者。1925—1929年在惠来大南山区领导武装斗争。五福田和林樟等地有他的故居。1929年8月30日在上海被捕并在龙华英勇就义，年仅33岁。

许玉磬故居

道旁小屋旧更新，曾屈冰肌玉骨身。
经宿遂成忠烈庙，唤醒耕作马牛人。
报仇矢志惊天敌，别女离儿感至亲。
远上旌旗风猎猎，染红山色是英魂。

许玉磬（1908—1932），原名许冰，学名玉磬，彭湃同志的夫人。她追随彭湃来到惠来大南山参加革命活动。1932年在汕头壮烈牺牲。林樟村三山祠附近有她的故居。

林娥故居

人窝猪舍共蓬庐，洒泪临门泣我姑。
跃出双枪红侠女，还凭一剧灿甋甈。
舍生因党功恩厚，对母恨身节义辜。
百载南山田已改，唯留残瓦照桑榆。

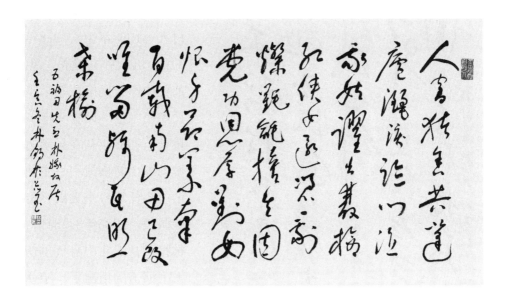

著名的南山八女之一的林娥烈士，1910年出生于惠城镇河田村，幼年丧父，生活悲惨。19岁参加红军，成长为军政治部文艺宣传队队长，上演《送郎上前线》歌剧，深受欢迎。她练就双枪，弹无虚发。在一次战斗中，为掩护战友撤退而自己被捕，威武不屈，终被杀害，年仅25岁。

林祖武茔墓

木棉挺拔殷殷土，高卧英雄林祖武。
越战攻防志薄天，请缨突击威如虎。
小尖山上血喷张，手弹拉开身拒虏。
四海皆闻烈士风，故园归去长擂鼓。

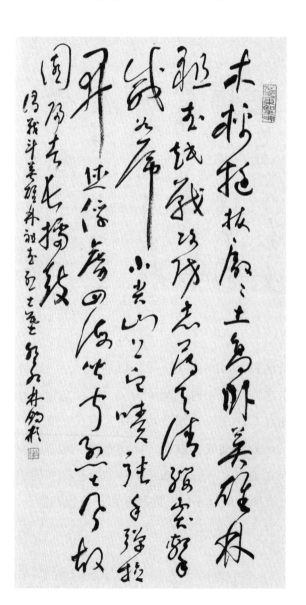

林祖武，东陇镇钓石村人，1958年生，1978年3月入伍。中共党员。生前任中国人民解放军某步兵团第六连（硬骨头连）排长。1985年初在云南边境的老山防御战中，主动请缨担任攻打小尖山突击队队长。1985年3月8日，林祖武在战斗中身负重伤无力回击的情况下，宁死不当俘虏，拉响手榴弹与敌人同归于尽，时年仅27岁。昆明军区授予他"战斗英雄"荣誉称号。

卷七 ◆ 庙宇

永福寺

榕石众仙衣钵承，宋禅鉴辩释明生。
南天一脉通南海，北栅诸门壮北盟。
拱作霓虹调雨顺，梁挑日月对云横。
时从阵阵经声里，已感新冠欲肃清。

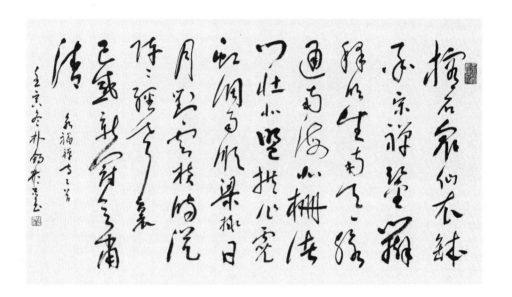

　　永福寺，即惠来永福禅寺、古榕石庵，始创
建于明万历八年（1580）。明末清初，由惠籍著名
高僧宋超月禅师（宋禅祖师）再建于清康熙十一年
（1672）。1990年，榕石庵与相邻的永福寺合并，
由释明生大和尚担任住持，重新规划建设并命名为
"榕石永福禅寺"，占地57亩，建筑面积30000多
平方米，为惠来佛教圣地。

靖海天后宫

万船列阵蔽江城，帆影亭亭海水平。
驮象连岗三面秀，安澜伏鼎一丘明。
常将妈祖调风令，更作慈航化雨旌。
今日烟霞蒸宇内，潜鳞飞羽共和鸣。

靖海天后宫位于靖海港北岸，面临南海。南宋庆元六年（1200）出福建湄洲岛移民传来香火，延续至今。其中奉祀妈祖神像，为信众膜拜。

普陀山房

灵洞何堪说隔尘，当时出米济遗民。
石悬丝线金钟在，泉泻云崖玉屑缤。
解旱炉前常化雨，拯魂鲫骨可还身。
闻风犹恋大颠荔，醉倒鸡心屿里人。

惠来县城最迷人的地方还要数普陀山房。这里不仅是唐朝大颠和尚修炼、遍种荔枝的地方，还有出米石、丝线吊金钟、十八石寨、还魂池诸多神话景点，还有"黄农遗民""隔尘"等传世墨迹。乡民谓未有惠来县城，先有普陀山房，其情自得。

龙藏洞

滋泽群山双乳峰，昆仑落脉洞藏龙。
石坑深处云烟锁，玉盒中闻早晚钟。
四百年前仙圣谶，几番风雨此相逢。
回头万里祥光下，抗疫藩篱正解封。

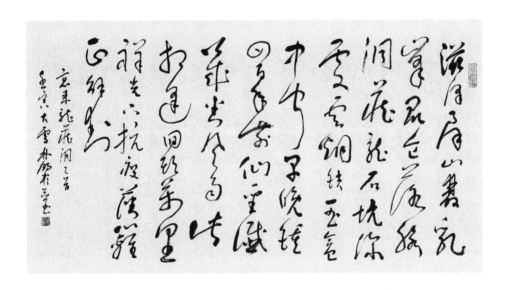

明神宗万历二十三年（1595），高僧宋超月
云游至惠来双乳峰、莲峰山一带，感悟地灵人杰，
推卜谶言："三百九十九年后，有我后传人在此营
宫，藏真容于龙藏洞。"1994年，道友筹资三百多
万元，筑建"龙藏洞赤松观黄大仙庙"，供奉三清
至尊、李道明天尊、吕纯阳祖师等八大仙人像。

37

卷七

庙宇

黄光山佛光寺

峰巅极目寄澄怀，五县田畴脚下来。
听水奔雷龙气象，临池俯镜玉瑶台。
佛光一夜看焜烨，法相千秋仰磊嵬。
应是大颠云过后，山川草树绪重开。

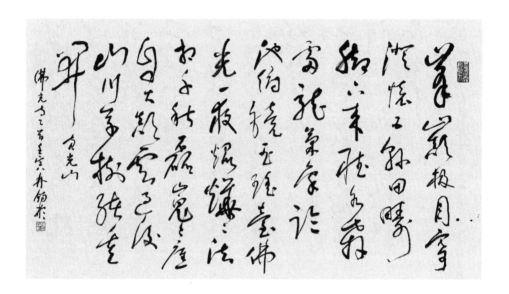

　　黄光山佛光寺，相传由唐大颠法师堪舆定
制，后于宋宁宗嘉定十二年（1219），蔡氏子
孙为供奉北极玄天上帝而创建。1992年春，传
正法师倡议在山顶矗立大佛像。企业家、慈善
家袁文锦先生捐资数百万元玉成工程。佛像高
22米，总量达3200吨，为粤东第一大佛。

仙井古岩

葵阳妙土出奇泉，仙井涓涓养古岩。
上窟圆通收鲤处，下涵汲引令人馋。
饮甘谁解无香味，赴考常闻脱布衫。
察院当时从此后，官声清厉道尊严。

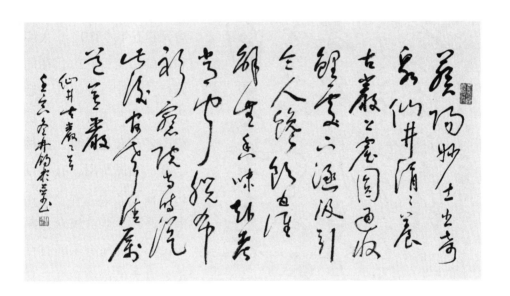

仙井古岩，位于东陇镇苗海村。始创于1368年，前、后座有清泉从其岩流经前殿，上窟绘《观音收鲤图》；另一窟书"汲引"二字。泉水甘洌，称仙井。明万历六年（1578）前后，谢正蒙及方一位、林世赏、汪巨瀚四人曾在此读书，十年后同科中举，轰动一时，谢官至监察御史，有"清廉天下冠"之誉，今岩内有"谢正蒙读书处"碑。

庄严禅寺

因爱繁花据此山，园林如海水潺潺。
千年阅尽朝更迭，百里遥知众苦艰。
瘟疫良方时应对，乡邻小恙药安闲。
金炉香火烘星月，夜夜萦怀忆大颠。

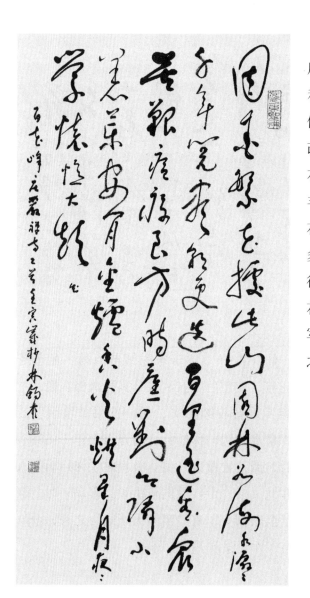

据《惠来县志》载：
唐元和五年（810），大颠
和尚游历至百花山，在此
修行并创建百花岩寺（后
改名"庄严禅寺"）。百
花山多产奇花异草，药材
丰富，为民所用，有"百
花领袖"之誉。寺中僧人
多擅医药，兼济民众，深
得民心。民间有宋朝时百
花公主为民治病和抗击官
军的传说，而乡民立庙祀
之，亦乃寺庙传奇。

铭湖岩

山门长待鹤班来，更把卿云四面开。
垒石形成金字塔，收兰亭拟凤凰台。
逊公名句堪称绝，朝泰毫端有点骀。
可笑大颠辞海啸，潮阳一去没尘埃。

铭湖岩以叠石垒宫闻名。明洪武初年，林逊潜修于此攻读，曾赋诗刻石曰："岩穴神仙宅，山门向顶开。白云闲不锁，留与鹤归来。"后进士及第，使铭湖岩声名远播。岩寺周围有清朝邑中名士方朝泰题额的香风洞、收兰亭、出米臼、扫叶泉等景点。遨游此地，还可观海听涛。传说唐朝大颠和尚在此，因受不了大海涛声而往潮阳创灵山寺。

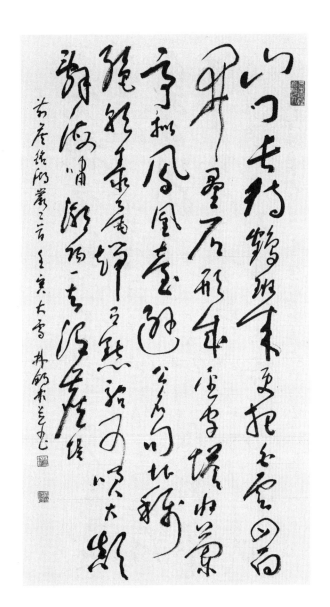

甘泉寺

竟拟营私作墓茔，乡人几度梦中惊。
毫光山脊真如法，泉眼龙津造化成。
滴滴经心金佛殿，淙淙奏乐木鱼声。
欣看往返论英杰，回味时犹甘露生。

甘泉寺，始建于南宋绍兴（1131—1149）年间。相传建寺前，有富商者，拟于此葬其父母，晚梦天人忠告："此地乃吾佛道场，以福荫子孙。"遂不敢私用。此后几度有人存非分之想，均受仙人梦阻。后宋大峰祖师门人发现甘泉山佛光呈瑞，普照四方。遂嘱乡人："此地可建梵刹，名曰甘泉寺。"于是，当地乡里创建甘泉禅寺。

葛山圣母岩

一石横空蔽雨风，八方烟霭绕苍松。
金铃隐约心安定，圣母慈悲众动容。
神显无关庵寺僻，僧贫能请海中龙。
疫来欲问明朝事，笑对百花千仞峰。

圣母岩位于靖海镇葛峰山，离南海2公里，距惠来县城26公里。始建于明洪武年间（1368—1398），迄今已具六百多年的历史。岩寺传说由虱母仙何野云指点，利用天然石洞所建。宝殿分别供奉圣母娘娘及其灵犬、大佛和十八罗汉，精雕巧塑，神态俨然，栩栩如生。

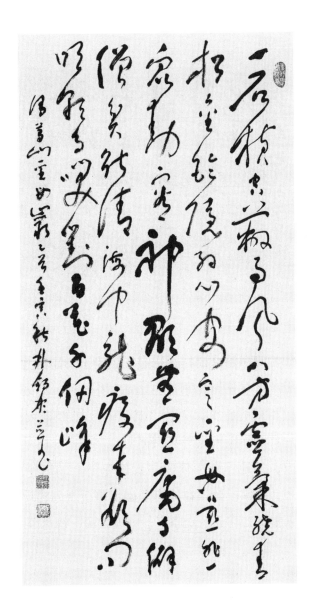

沫港天德寺

直从平地耸名庵，似与天方作夜谭。

堂局深藏杯珓石，心虔足起圣贤坛。

前年悟智西来后，云观如今二接三。

佛法无边谁领会，髻峰肃肃海谦谦。

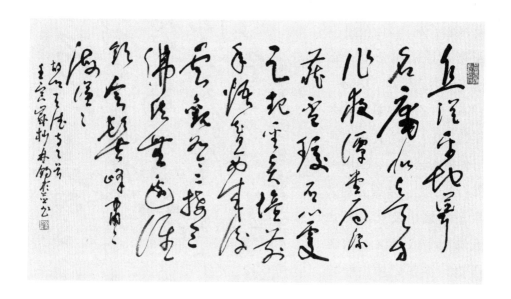

靖海镇沫港村天德寺，始建于清同治七年（1868）。凭什么在平坦的原野中立庵呢？传说，此处有两块形状对应相同的石头，人称"杯珓石"。经宋大峰祖师门人点化："杯珓天成，必供神明。"并得郑门蔡氏二位信女响应，献地斥资，建成"天德寺"。2011年，悟智禅师西来，承佛授命，在原有基础上重新规划建设，得四方慈善家捐资，建成一众庙宇，辉煌壮丽，特色鲜明。

广利王庙

俯仰庙前听暮鸦，数声亲近李唐家。
安民要请神来保，纳税唯从众拔牙。
赫赫南溟被广利，朝朝潮汐有灵槎。
千年并老山河寿，同守中华无际涯。

广利王庙，为隋唐时期官方命南海之滨各地必须建设的庙宇，供奉南方之神祝融，以镇南海风云。韩愈曾作《南海神广利王庙碑》记事。神泉港自古为国家级渔港，这里的广利王庙一直受到很好的保护。尤其是门前的石鼓是唐代的，里面的香炉及庙碑则为明清时期的，十分珍贵。

水仙宫

海啸潮生田不涝，禹王圣殿临孤岛。
风狂似唱遏云歌，雨急难淹排水道。
九域舟舆从此兴，千帆进出无烦恼。
水仙灵气盖沧溟，宫字何妨拼草草。

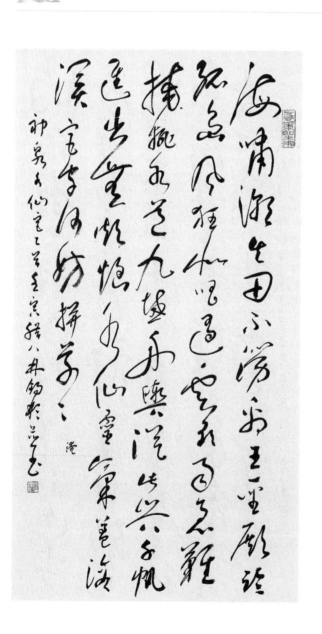

神泉水仙宫建于清乾隆三十七年（1772），位于神泉港口，供奉水神大禹帝。据说自宫殿建成后，神泉这地方就没有洪涝灾害了。又：牌匾水仙宫三字原请嘉应才子宋湘书写，因中间人克扣润笔费三成，宋湘便少供了一个"宫"字，无从赎回原件，只好拼凑一个，遂成憾事。传奇乃生。

石壁寮庵

搭寮傍壁广悬壶，六百年前是隐庐。
师傅奇方遗嘱在，春秋莫测火烧无。
蛤蚧大小声依旧，树下芳菲气特殊。
清早弃婴啼槛外，庵中又赶绣花襦。

石壁寮庵位于惠城镇东南5公里处。明洪武初年，有高僧自凤阳来此隐居，随身带来很多奇方妙药，依"蛤蚧石壁"搭草寮为民众施治，救人无数。清朝道光年间，建成庙宇，名扬四方。"文革"期间，烧掉好几大麻袋古方，令人叹息。1997—2000年，经惟明法师主持重建，恢复传统特色，继续以草药为乡民服务。近几十年来，庵里积极救治弃婴、病婴，功德无量，为民所称颂。

镇上村西来寺

元和江涸地生烟，苦旱哀鸿震大颠。
师驾停凝身质押，苍天不应我焚燃。
声收云翳及时雨，人叩玄冥救命仙。
从此西来千古寺，年年香火到心田。

据《惠来县志》载：唐元和年间，龙江流域大旱，乡民祈雨未果，恰大颠和尚云游至此，发心求雨，对天许愿：若天不雨则自焚。精诚所至，苍天感念，即降倾盆大雨。乡民感其恩德，建庙祭祀。

卷八 ◆ 祠堂

惠来百景诗

林氏祠堂

飞檐拱日起庭除，济济桁梁焕废墟。
廿万儿孙燕翼计，七千晨夕算盘虑。
彝伦再续无穷胄，曲尺仍教不二书。
南浦富公灵在上，堪为务本庆嘉鱼。

　　林氏祠堂，又名曲尺祠，坐落于惠城镇西三社区。祠堂于明嘉靖七年（1528）肇建，迄今近五百年。系嘉靖皇帝为表彰林家名士——狮石祖系十二世裔孙南浦公美德而颁旨赐建，并由南浦公好友左都御史林富亲笔题赠"林氏祠堂"匾额。祠堂有"潮汕座半祠堂，惠来林氏居一"的美誉。

林逊祠堂

重振纲常祀逊翁，旗杆夹石入云空。
铭湖面壁青灯夜，问道尚书黄卷穷。
饥馑年如时雨济，禁渔令保国家雄。
宏图初展心先碎，闽县哭声犹耳中。

林逊，元至正二十四年（1364）出生于惠来县狮石乡。昔年于铭湖石窟苦读，研习《尚书》。明洪武十八年（1385）年中进士，为明朝潮州府第一人。登第十五年后，赴福建闽县就任县丞。任上逢饥馑，他积极赈灾，救人无数。他以《禁渔令》及时打击海上私通倭寇行为，博得了朝廷封奖，晋升为福清县令。但未及领旨，便因操劳过度，殉职于县丞任上，年仅41岁。官民皆恸。纪念他的狮石乡进士祠，由其裔孙于2015年恢复，焕然一新。

江夏黄公祠

北倚葵峰瞩四方，喜从胜地立纲常。
子孙虽远称江夏，昭穆难忘荐祖香。
弄瓦绵绵原色贵，成才济济德声锵。
石门之后诸公望，叠巘重湖接大洋。

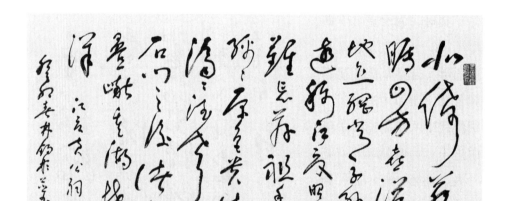

　　江夏黄公祠，位于县烈士陵园旁边，占地10余亩，建筑面积2000多平方米，规模宏大壮观。潮汕黄氏咸尊宋乾德年间进士江夏太守黄岳为始祖，故称"江夏世家"。黄岳胸襟豁达，鼓励子孙向外发展。有诗风靡天下："信马登程往异方，任从胜地立纲常。足离此境非吾境，日久他乡即故乡。朝夕莫忘亲命语，春秋须荐祖前香。但愿苍天垂庇佑，三七男儿总炽昌。"宗祠秉承家风创建，有很深的文化底蕴。

苏福祠

瓜瓞相承凭嗣子，神童后裔是传奇。
有儿成器能扛国，好句胜金足立祠。
苏氏香炉家庙显，惠来文胆杏坛师。
唐宫宋井新开港，还看三十夜月诗。

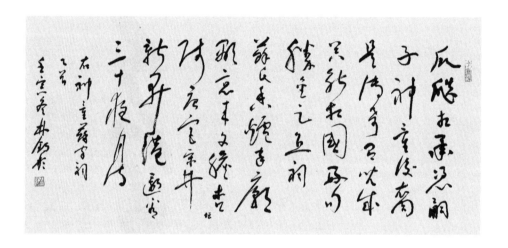

　　神泉镇"神童苏家祠"（苏福祠），于乾隆二年（1737）由知县杨宗秉奉朝廷之命兴建。祠中的"毓秀堂"供奉明朝初年神童苏福的画像。祠堂照壁镌刻着神童的代表作《三十夜月诗》。现为惠来县不可移动文物保护单位。

赤山古院

法眼凭谁勘破尘，毛冲仙子指迷津。
人祠神庙三联体，武德文功相比邻。
一塔鳌头窗影入，千年妙景案前臻。
乡中至宝扶乩木，每处良方济万民。

赤山古院位于惠城镇东南，始建于元至正元年（1341）。东福村人方元壮受云游羽人毛冲子指点，献地斥资筑庙堂三座，统称"赤山院"：西侧为方氏家祠，东侧供奉文武圣神，中间供奉毛仙师公、妙藏王等。毛仙师公（毛冲子）案前天井隔墙上端有花窗，5公里外的鳌头塔影投入窗里，妙境奇特。该院2015年被确认为省文物保护单位。

林樟三山祠

后主墙中祀比干，堂前儿女秉心丹。
天将大任降祠里，并拱三山筑帅坛。
彭湃挥兵神出没，许冰牵马伴悲欢。
伤心一炬飞灰灭，千载勋名石上看。

革命老区惠城镇林樟村林氏三山祠，因祠前有马头山、秀毛山、羊角山三山拱照而得名。1928—1934年曾作为中共东江特委及军委驻地，主要是彭湃同志在此主持军务。祠堂也因此被两次烧毁，后又两次重建恢复。该村民众忠勇，革命烈士中，有姓名统计的达两百多人。是名副其实的红色村庄。

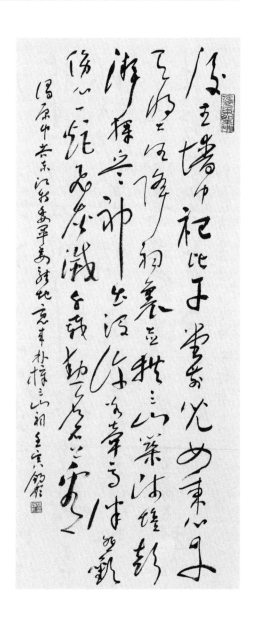

卷九　◆　古迹

惠来百景诗

靖海古城

春日回乡未解鞍，登阶抚石数砖残。
瓮城胜概威仍在，颓阙安澜路更宽。
历历烟波青史碧，棱棱墙角老根盘。
难忘福聚千户总，武德将军首任官。

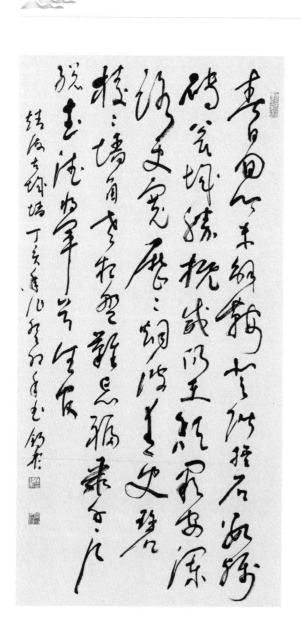

靖海古城墙于明嘉靖二十八年（1549）奉旨建城，历13年始成。首任千户所总兵为奚福聚。康熙三十八年（1699）重修，雍正五年（1727）又修。近600米的古城墙，以及东、西、北门历经460多年沧桑后，仍保留着原来的风貌，实在难得。它是粤东地区迄今保存较为完好的古城墙遗址，为省级文物保护单位。

苏福墓

后溪瑟瑟复潺潺，几句啼鹃入草间。
勒石依稀童子血，叩茔仰止大儒颜。
秋风别解成惊世，夜月些微辨曲弯。
每捧奇文难掩卷，再回首处马东山。

神童苏福墓（明洪武赐葬衣冠冢）位于神泉镇赤山村马东山南侧，为南明粤总兵苏文重修。每年间文人雅士仰慕神童奇韵，前来祭祀者不少。

独脚联

无心独脚卖骄矜，六百余年笑喜憎。
抉取模糊当快取，咸蒸岂可读盐蒸。
奇称染翰楹如铁，神看甘泉镜皎澄。
应恐联佳池旷竭，郭公来后亦低能。

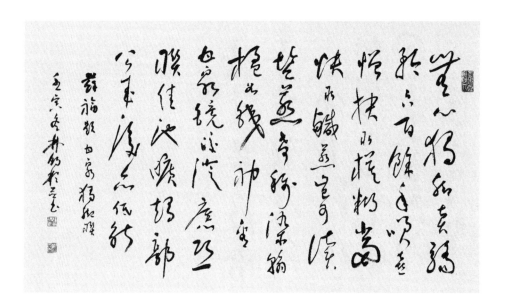

苏福题海角甘泉亭独脚联"抉取携而不竭任卤浸咸蒸独标平淡"，首字是抉是快，近期争论尤多。本人认抉。联柱之奇，见于几百年间历风灾海祸，八柱数折其七，联柱屡屡独安；又，历代先贤指出，此联绝对，如对上，则柱折泉竭。想当年郭沫若经此，当有所闻，故无为。

览表石

雁难天涯何处藏，权铺顽石览文章。
一朝择路慌无主，八岁为君尚靠娘。
此去崖门深浅地，岂知南海吉凶洋。
千年点指鳌江幸，沾得赵家斜日光。

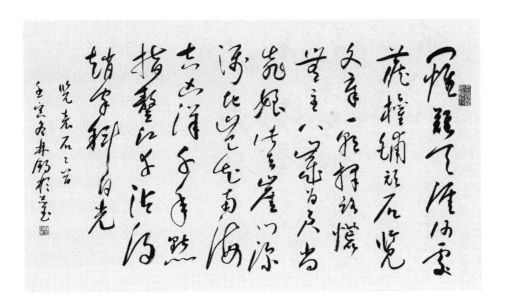

宋末帝赵昺移驾石壁乡，丞相文天祥奏
表至，帝于石上稍息阅览。元兵忽近，遂匆匆
过鳌江渡撤往海丰。由此，帝坐之石为览表
石，帝过之渡为览表渡，帝临之乡为览表乡。

试剑石

山岩鏊水尚余惊，文广当年铁骑鸣。
一石三分初试剑，平南至此敢扬旌。
蛮烟无意成烽燧，公主多情解歃盟。
倘使英雄来入赘，关门隘险足干城。

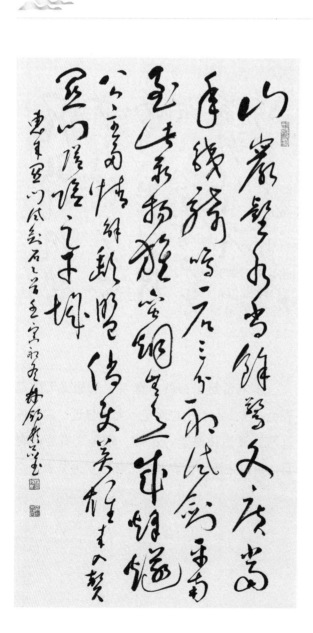

传说宋朝杨文广平南蛮屡战不胜，在再次向百花山发起进攻之时，祭告天地："以此剑切此石，如不破，则收兵。"于是，手起剑落，二剑三分，宋兵士气大振，拿下百花山麓绿林十八洞。又有传奇称：因百花公主爱上了杨文广，意欲招杨文广入赘，却瓦解了南蛮各部落之间的联盟，成全了杨文广的战功，而最后以悲剧告终云云。

千秋镇

白云渺渺鹤悠悠，壁立崇岗曲水流。
国势当时颓海角，靖康之后接硇洲。
怜君有鬼围城铁，噬敌欲枭弘范头。
血洗葵潭咽落日，英雄不朽镇千秋。

南宋少帝（赵昺）祥兴二年（1279）初春，文天祥部将邹沨屯兵葵潭（时属海丰县，今惠来县）东北抗元，一夜之间筑起城墙，民众惑其快，称"鬼仔围城"。帝昺入城后，邹拼死护驾，多次击退张弘范追兵。帝感当地军民忠勇，御封"千秋镇"，名垂青史。

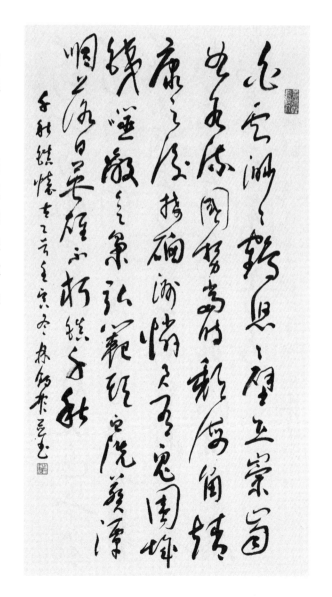

万年青树

南山南海共藩屏，难遏追兵半步停。
故国后庭花已远，前程寥落木凋零。
潇潇春雨欺衫薄，郁郁榕荫展伞形。
无水濡身当是福，封侯一旨万年青。

民间传说：南宋少帝（赵昺）祥兴二年（1279）春避难千秋镇，一时无屋藏身。邹沨迎驾于榕树下，逢雨，人不湿身。帝感生灵护佑，指树曰："此万年青也！"千古而今，此树仍然满目葳蕤。

娘伞树

拨雾穿云谒伯公，相思万树气葱茏。
种因娘伞寻无迹，开路功臣是极凶。
莽莽山梁怀博大，晶晶泉眼识英雄。
至今乐道吕家女，偏爱奇才谢正蒙。

　　明万历时，谢正蒙家贫，且面貌丑陋，致未婚妻吕氏悔约。吕妹出于道义，毅然替姐出嫁。轿子经"牛腿崎"地方，新娘插下榕枝，对天祈祷："若谢郎出人头地，必榕枝成树，届时将于此处建伯公庙，告谢天地。"后谢正蒙中进士，以高官回乡，建此伯公庙，圆了夫人之愿。当日榕枝成树，势大参天，牛腿崎遂改名"娘伞树"，伯公庙香火旺盛。榕树于1955年修公路遭砍伐。

澳角炮台

高攀椓壁绕苍榕，荫蔽炮台如覆钟。
一柱南天撑海岳，连云烽火抗兵凶。
魂飞鬼哭倭奴恨，水笑山呼国耻冲。
换得浑身穿弹洞，千秋忠烈展尊容。

澳角炮台位于神泉镇东2公里的澳角湾海岸上，肇建于清康熙五十六年（1717），为抗倭军事设施。墙高6米，厚2米，总建筑面积320平方米。炮台于1935年阻击过日军来犯，炸沉日本战船，大振我抗日士气。后遭日寇炮击及轰炸报复，伤痕累累。现为爱国主义教育基地、省文物保护单位。

卷十 ◆ 名胜

惠来百景诗

葵潭将军第

虎威形迹倚山深，布市将军府易寻。
梁柱无雕疑在栋，门窗有设尽开襟。
声声淞沪嘶奔马，历历香江隐痛心。
犹恐宛如神圣笔，更遭换岁对联侵。

葵潭镇老城区布街有一座"下山虎叠楼"，建成于1936年，为抗日名将翁照垣将军故居。门匾"将军第"三字为清末举人许宛如所书。房屋建筑简朴厚重，但多年失修，甚是破旧。一叹！

葵潭世铿院

三河旖旎汇葵潭，养锐毓英多伟男。
抗日将军驱鬼哭，硝皮企业出奇谭。
丰碑一座世铿院，万卷千秋林氏龛。
漫漫天涯今抚昔，和羹几苦几酸甜。

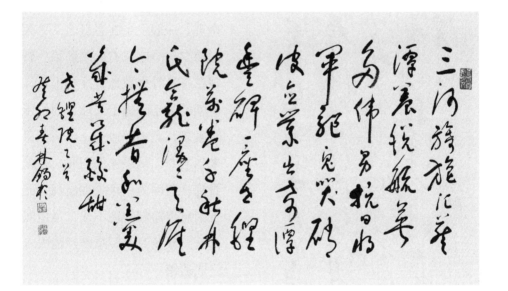

　　世铿院位于葵潭镇，由香港慈善家林世铿先生所建。该院占地面积100亩，建筑面积1万平方米。四周的大理石碑林，雕刻着叶选平、马万祺、启功、沈鹏、孙轶青、关山月等名人名家题赠的几百幅书画作品，还有其他众多的古今名家名作。此外，世铿先生及其慈母的石雕连环画，记录了先生成长为杰出企业家的艰难历程。

海市蜃楼

多花多草月含羞，县景高端有蜃楼。
古堡新城浑合体，荧屏篝火两相谋。
将西装作霞帔盖，驾舰艇穿陆上秋。
错把时空牵扯在，一天一幕一沉浮。

海市蜃楼是神泉海域上的奇观，一般发生在春夏之交、大雨前夕。全国只有山东蓬莱、新疆鄯善县等少数地方才会出现。清朝乾隆年间进士王玮，为了亲睹蜃景，竟不辞边远，申请到惠来当县令，结果连任两届，终未看到。盖因为一旦景观出现，囿于消息传递和交通不便，当他闻讯赶到现场时，蜃景已经消失。终成遗憾。

海角甘泉

已无卤浸与咸蒸，海角甘泉似冻凝。
城拒涛声千米外，井加石级几多层。
观天之眼仍澄澈，供饮大功难再胜。
仰首奇联谁对得，年年羞煞众诗朋。

神泉海角甘泉，府志和县志多有记载：县城南10里处有神前村，原来于海水包围中，却居然有处泉眼，清流汩汩，清洌甘甜。因为这泉水，人们迅速聚拢，神前村迅速成为小城。神前之名遂更"神泉"。现在，自来水取代了泉眼，神泉成为遗迹。明朝乡民——神童苏福题泉的联句"抉取携而不竭任卤浸咸蒸独标平淡"，至今未有佳对，成为著名文化景观。

通天古井

步轻临井似闻雷，千浪万声地下来。
窥视阴曹浑不见，仰观云幕尺撕开。
老人有据通天顶，孩子无心指海台。
我道尾同邻近处，但凭一窍免疑猜。

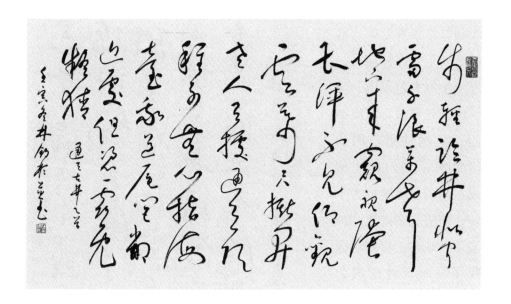

　　神泉镇神童苏福祠附近有一口古井，据说是宋代的军用井。井口以石条嵌边，呈长方形，半平方米大小，足够三只篮球大小的吊桶同时打水。井不设井栏。井口以下是个大空间，似乎深不可测，并有向南海方向拐弯出去的倾向，因而引发人们不同的猜测。

榕石

苍榕盘璞世难寻，一体浑然恩爱深。
矗立人寰成地胆，闲看法界秉天心。
相生若以五行论，大冶应弹单父琴。
独对清华名句久，至今受教伴浮沉。

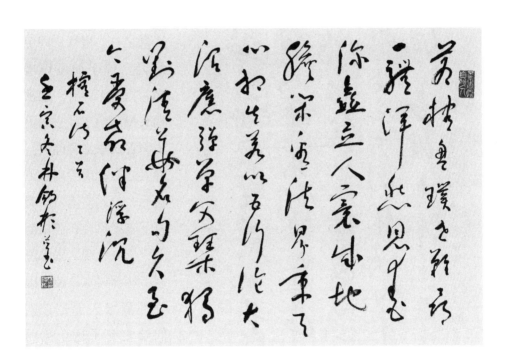

　　榕石，巨榕抱石，为惠城镇自然景观，现属县城标志性名胜。石上刻清光绪十四年（1888）邑人陈宗翰所书"榕石"二字。尤以清光绪三年（1877）冬朱清华游历诗最为著名："抱石苍榕夺化功，擎天傍立梵王宫。千层翠盖迷冬日，万隙祥光透碧空。木石犹能相契合，竹梅互许素心同。今朝有幸酬三约，胜迹常怀在五中。"

髻峰黛瀑

髻峰四望藐凡尘，蝼蚁纷纷历碌人。
木聚阳和来紫气，石分山谷泻流银。
迸珠齐向霓虹发，鸣雁纵看电网新。
但爱南天深黛绿，直饶飞雪亦长春。

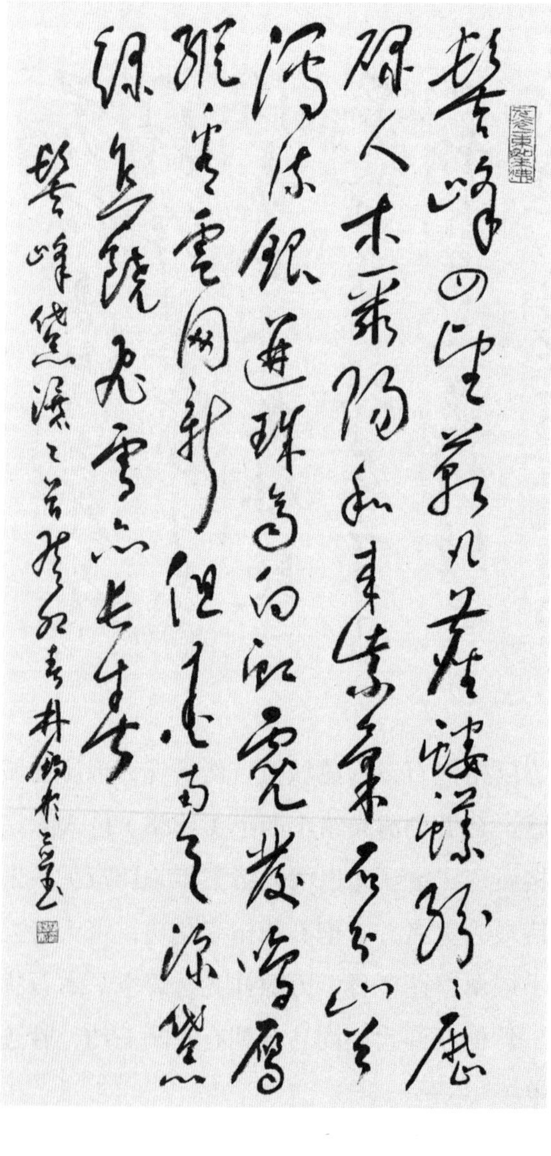

髻峰黛瀑，惠来八景之一。髻峰，即金刚髻，位于仙庵镇境内，海拔436米，雄视汕头揭阳两市。它以重山深谷四季常青闻名。春夏之交，山岭雨水汇集后，自北向南“飞流直下三千尺”，流银泻玉，十分壮观。雨水洗刷了丛林树木，使青山分外黛绿，于是，人们给它起了这个美丽的名字。

虎头嵯峨

拔起巍巍二虎头，雌雄对峙水回流。
温柔交颈风羞怯，亢奋扬须石发愁。
秉烛山凹光炯炯，过桥人履迹悠悠。
城规幸勿征新地，好让於菟任去留。

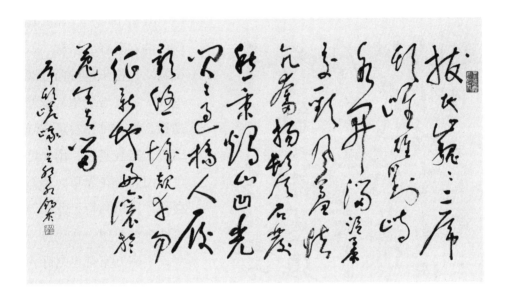

　　虎头山，位于华湖镇坪田村雷岭河边。虎头山
山高势峻，雷岭河似不敢正视，从山南绕过。两山
左看如两虎交颈，右看如扬须震怒。山上凹窝处，
民间称为"风吹炉"，村民称，在这里燃烛，风越
吹火越旺。山下有座古石桥，建成于明成化十三年
（1477），由三条石板并成，过往游人无数。虎头
嵯峨，林木苍郁，山光水影，为惠来八景之一。

双荐屏峦

圣贤有意荐屏峦，不仅双峰挺好看。
母乳汪汪儿硕壮，风华面面贵青丹。
开云勘破天涯近，化雨为虹世路宽。
山半钟声来隐隐，满城灯火对团圞。

双荐屏峦，指惠城境内的双乳峰，俗称"双髻妮"，位于惠城西北30里处。从县城北望，双峰高耸，气势雄伟；从双峰南望，雾气蒸腾，山光海色。山麓奇花异草，磐石裂谷，风格独特，北面与珍珠帘峰对望。在夜月当空，映照万家灯火之际，惠城背景双乳峰显得更加神秘美丽。

百花山

瑶草仙芝一路添，香魂累起百花尖。
好从幽径寻公主，体验将军破水帘。
深壑风雷磐晃动，巅峰钟鼓寺庄严。
关门山势成雄对，黄雾玄云相与钳。

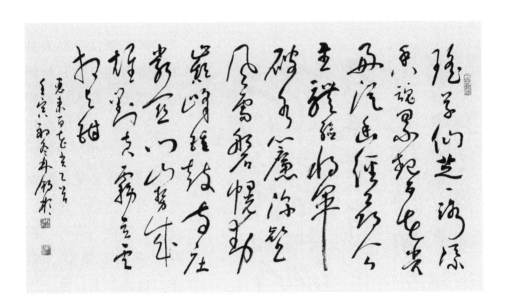

　　百花山，又名百花尖、百花峰，于县城东
11公里处，为惠来古八景之"百花领袖"。上
有百花园及古百花岩遗址，传说唐高僧大颠曾
在此修行。南侧山腰有庄严禅寺，寺周有百花
灵泉、玉石水门、飞炉显圣、动摇石、试剑石
等景点。民间关于百花公主的传说，更为此山
增添了神奇色彩。

狮石湖

三山合抱向重洋，万顷环湖十一乡。
因学昔阳渊镜破，终将天赋地灵丧。
蔓藤芒草横堤径，污浊泥沙入堰塘。
敢做汀兰岸芷梦，退耕还我水沧浪。

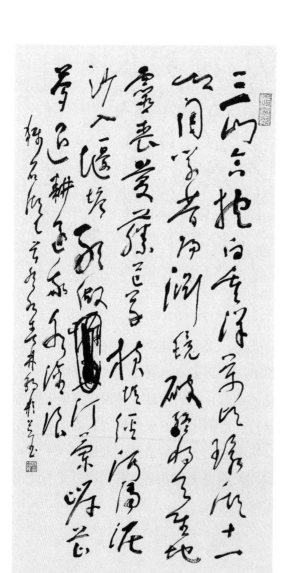

狮石湖位于惠来县境东部海边，原是海洋的一部分。湖水域面积5平方公里，流域面积192.6平方公里，集水面积35.3平方公里，濒湖有狮石、前埔、沫港、前吴、厚山、南外、西外、葛山、荆陇、青州、后屿等十一乡。沙鸥翔集，渔舟唱晚是它真实的写照。虽经20世纪70年代学大寨"围湖造田"，湖泊面积大为减少，但它作为惠来最大的内陆湖，至今依然美丽。

靖海客鸟尾

风似刨工雨似刀，长将礁石洗瓷陶。
狮凭菜钥昂头额，鸟恃余粮脱尾毛。
应是象城多好客，遂教喜鹊集蘅皋。
晚潮退后平沙里，雁影翩翩下洞箫。

客鸟尾石笋奇观，位于惠来县靖海镇城区东北海边，是一处极具观赏价值的旅游风景区。这里的"狮头""鸟尾"各具形态；日出日落，别有风情。因地壳运动，加上漫长岁月的风吹浪击，海岸丘岗形成了一片美丽独特的海滨石林。

烟墩望海

城西高处可登临，迎面夕阳霞胜金。
帆影归来鱼富足，蜂音响起价重斟。
家中已备团圆饼，船里应无隔宿心。
女启大门儿拂席，一轮明月上烟岑。

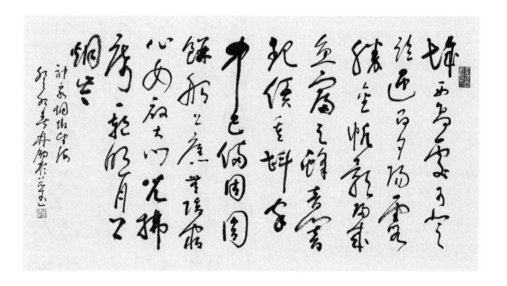

　　神泉镇西南高地的烟墩，原是军事报
警的"烽火台"，现已废弃，却成为登高望
远的名胜。渔民家属上这里盼望亲人归来，
第一愿望是平安。每当渔船归港，如万马奔
腾，铺天盖地，人们像迎接将士凯旋一样欢
呼，并盼望亲人早点上岸回家团聚。游客从
这里登高眺海，眼界开阔，心旷神怡。烟墩
望海，使人浮想联翩。

石峻村葫芦山公园

葫芦山上尽葫芦，秘密都成石特殊。
牛壮猪肥花忍俊，猫瞪鼠伏草阿谀。
远看醉汉蜷身睡，近戏灵猴隔叶呼。
秀水濂溪明月夜，可堪携酒入三壶。

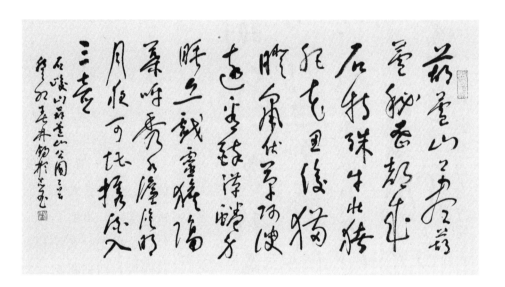

前詹镇石峻村，村落紧傍雄鸡山，奇峰列布，巨石兀立，因而赢得"石峻"美名。村背面的葫芦山公园，榕荫遍地，清凉无汗；奇石成林，猪牛狮象，各具其状；猫鼠灵猴，各肖其形。加上农产特色，令游客如云，流连忘返。附近濂溪村、秀水里村亦有胜迹共享，盖一方蓬瀛仙境也。

八国风情园

同胞八国难民营，一夜逃归鸟尚惊。
在外羞谈人骨贱，入门犹觉发肤荣。
便将薄技栽乡土，不负深恩报圣明。
饮宴游园新味道，其中别有异风情。

　　八国风情旅游度假区，位于县大南山华侨管理区。始创于1960年。这里先后安置了来自印尼、马来西亚、文莱、越南、泰国、缅甸、柬埔寨、新加坡等八个国家和地区归侨难民3600多人。归侨们带来了异国的文化和习俗，与潮汕文化嫁接，形成了国内特色鲜明的归侨文化。这些异域风情，使这里成为国家级AAA风景区。

金海湾植物园

谁依水岸辟天闲，极目绿茵金海湾。
砂砾不宜栽稻黍，盐花却可垒银山。
千千植物珍稀宝，洞洞高球婉转还。
五色人群来日下，互为比划见心颜。

金海湾植物园俱乐
部位于仙庵镇金海湾，
是邓戈平博士的植物实
验与观赏基地，已建成
18洞高尔夫球场，此外
有潮汕文化园等高档文
化休闲娱乐设施。

惠来海滨度假村

恶水入湾成软沙，有钱来买绽心花。
鸣蝉曲曲随波逐，宿鹭依依对月斜。
露重登楼呼小酒，风生望远看王椰。
听涛枕上殊澎湃，一夜华胥浸碧霞。

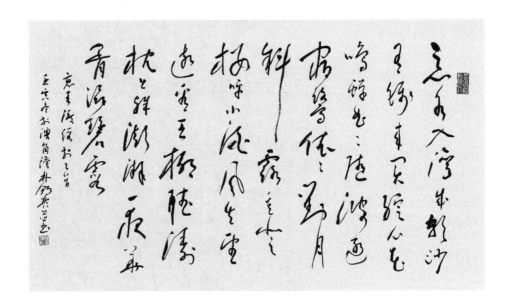

　　惠来海滨度假村，位于神泉镇华家村海滨，
海域面积2000亩，沙滩总长度3公里。度假村依山
面海，海滩宽广平坦，沙质洁白细腻，海浪适中
平缓，是粤东地区优质的天然海滨浴场，也是我
国"海市蜃楼"三大区域观赏点之一。

卷十一·浮屠

惠来百景诗

文昌阁

文运何时到草乡，大墩台上起奎光。
虎山雄踞屏藩重，葵岭龙蟠气脉长。
一阁高标灵感应，百年奉圣德昭彰。
难忘四举同登后，勒石建亭林正康。

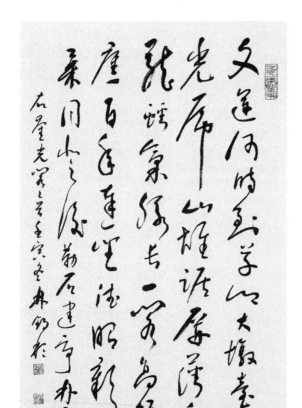

文昌阁，又称奎光阁，肇建于明万历六年（1578），知县蒋一清谓县治文星不耸，便于城南大墩始建魁星亭，竖起大旗，以应"文昌山上玉华笏，五百年后圣人出"之谶。亭成十年后，即万历十六年（1588），邑人林世赏、谢正蒙、汪巨瀚、方一位四人同科考中举人，举县欢腾。知县林正康在县城连城街建"四举亭"，额面勒"龙跃云津"以示庆贺。明万历三十二年（1604），知县游之光在魁星亭原址兴建文昌阁。后几历废兴，于今安然于葵阳公园内。自有阁，惠来文风鼎盛。

玉华塔

直入苍冥振玉华，烟云开拨引流霞。
半空远眺三十里，一夕导航千万家。
从此神泉多圣事，更移蜃景筑天涯。
悠悠遗憾思王玮，窥视可曾临县衙。

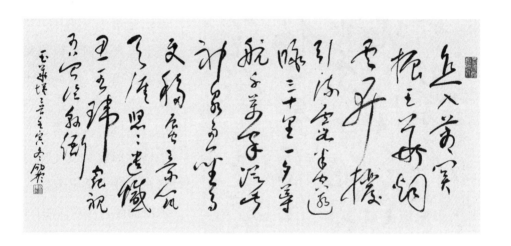

神泉玉华塔，清乾隆十八年（1753）由知县王玮倡建。塔高26.4米，七层八面葫芦顶，实心。主要作为海上导航标识。后人誉之为"玉笔高标"，并刻刘大宾联，遂成名胜。王玮还修建甘泉亭，为甘泉树碑立传，文功不朽！

鳌头塔

天低却是塔嵩高，海近峰巅独占鳌。
收住来龙泉解语，养成嘉气镇惊涛。
玉华月色诗魂圣，榕石风云手笔豪。
俯首空前新学府，书声十里起嘈嘈。

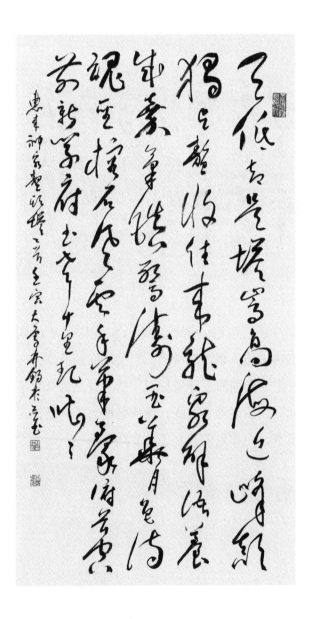

鳌头塔建成于明朝崇祯元年（1628），耸立于惠来县神泉镇鳌头村鳌头山上。塔高27.8米，为八角九层实心塔。北拱榕石，南对玉华塔，形成文风气脉。广东工业大学惠来校区依塔而建，风景秀丽。

文祠塔

隐逸修持似笋鞭，周遭楼厦覆危椽。
巷闾面壁泉流井，卷帙青灯日月年。
百丈毫犀文笔振，千秋灵韵古今传。
秀芳建树栽桃李，曰菊重光即圣贤。

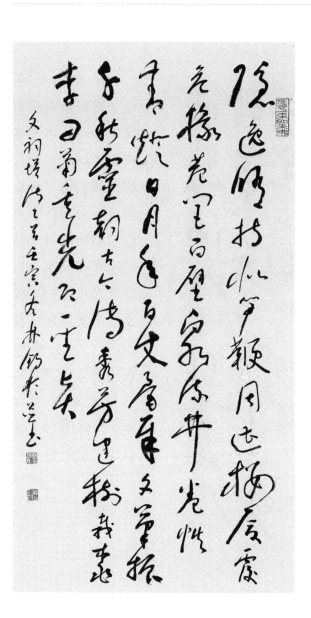

惠城镇文祠塔肇建于明天启四年（1624），由知县杨秀芳、教谕邓日崇俸捐。及至清雍正十三年（1735），堪舆专家、知县裘曰菊认为，县里要出人才，必须将塔迁建于此——学井直巷西侧。塔建成后出了多少人才尚且不知，但塔影之下的学宫以及后来的惠来一中，书香漫卷，英才辈出，蜚声海内外。

石碑山灯塔

看破沧波万顷间，群礁暗壑逆流还。
眼中形势光传射，海上苍黄夜仰颜。
闪闪遥知生命线，迢迢几度古今船。
亚洲数我石碑峻，灯塔航标第一山。

石碑山灯塔位于靖海镇西南石碑山岬角。清光绪八年（1882）由万国公司创建，现在的灯塔为1989年重建，钢筋混凝土结构。塔高68米，塔顶灯光视距24.5海里，主光灯每10秒闪动一次，并配有雷达应答器和无线电导航系统等设备，是我国16个导航台中最高者，有"亚洲第一航标塔"之称。

卷十二 ◆ 名校

惠 来 百 景 诗

惠来一中

百年大树种英雄，气压东南誉国中。
白话开山堪鼻祖，旌旗漫卷数奇功。
偲偲当日仪容在，切切今朝子弟衷。
经雨经风存定力，砚池长映太阳红。

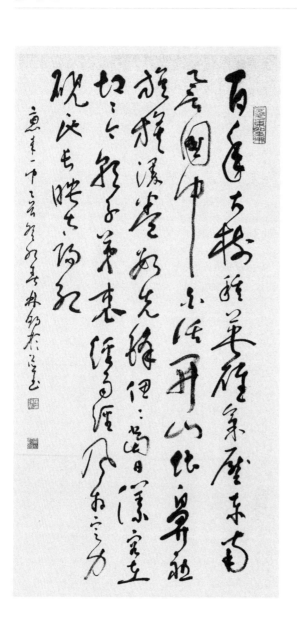

惠来第一中学位于惠来县城，创办于五四运动前夕，是潮汕地区率先提倡白话文教学和写作的学校。创建初期，校风民主。校中"偲偲社""蒸蒸社""欣欣社"等进步团体的学术、文艺活动活跃。他们配合党的工作在各个历史时期作出了贡献。建校100多年来，名师林立，英才辈出，为粤东名校。学校大门前的"砚池"，是惠城一处永远美丽的风景。

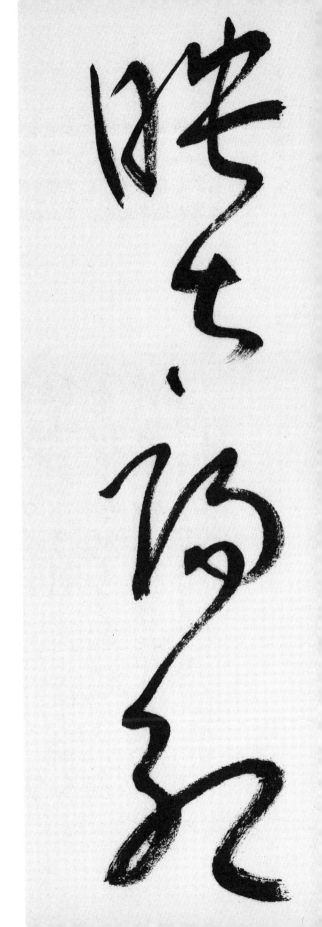

惠来二中

相思树绿映辛夷，花灿东篱朵朵痴。
红土依然香裹足，粉墙系列韵临池。
寥寥当日桃千叶，郁郁今朝李万枝。
靖海杏坛寻故地，开山犹忆冷彬师。

惠来县第二中学（原初级）创建于1950年4月，简称惠来二中，地处靖海城区，北倚大南山麓，南濒南海，是一所校园环境优美、文化底蕴深厚、校风好、校纪严、质量高的县管中学。1959年冷彬继任校长后创建高中部。2005年，在发展壮大学校规模过程中，鉴于林宝喜先生的突出贡献，高中部命名为"惠来县宝喜高级中学"。

卷十三 ◆ 文化

惠来百景诗

惠来诗社

后溪头水白泠泠，葵北峰南草更青。
三十年轮圈可点，十三颗子业曾经。
迁莺永忆朱家院，引凤终归四举亭。
榕石应从新雨后，焕然梅竹共园庭。

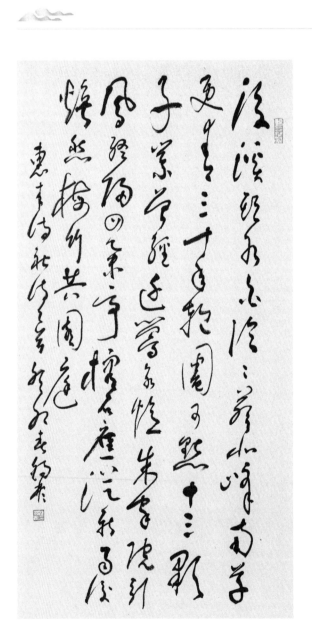

惠来诗社创建于1987年。发起地点为县城朱厝祠前县文联（石楼三楼），现迁至西门大街县文联大院，即原"四举亭"旧址。30多年来，人才辈出，由初创的13名成员，发展到今天100多人的规模。日常吟唱活跃，佳作良多，在全国诗坛享有较高声誉。

妈祖文化交流协会

生在湄州荫九州，千龄五十圣人秋。
林门有德传文化，信众无灾袭祚麻。
雅典女神明法炬，默娘妈祖主方舟。
西洋东岸两香火，同保苍生护地球。

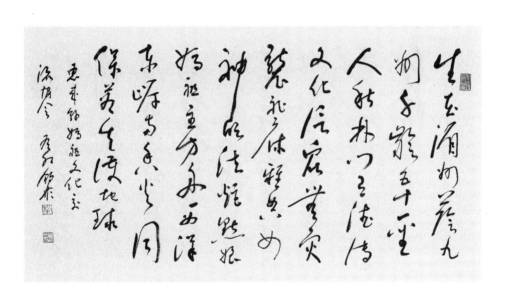

　　惠来县妈祖文化交流协会由苏文炳先生
创建于2006年，总会设在惠城镇。旗下20多个
分会，主持全县各地的妈祖祭祀、文化交流等
社会活动。该会在东南沿海乃至全国妈祖文化
界，均享有盛名。

葵阳影剧院

忆昔空调戏院稀，葵阳一夜冷风吹。

苏俄形制南方格，鮀岛花香次第枝。

交响大型星海曲，改良尖脚白毛姿。

座间从此无烟火，公共文明开启时。

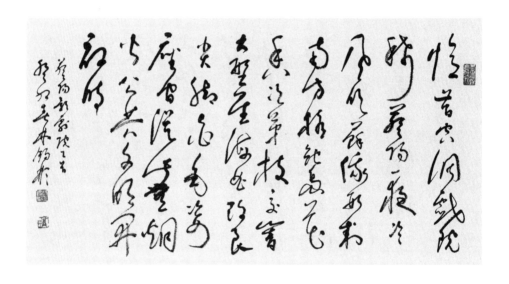

　　葵阳影剧院，位于惠城镇南门桥附近。20世纪80年代初，惠来县政府决定建设一个能代表时代风貌的文明窗口，以带动社会工作朝着正确的文化方向发展。于是，葵阳影剧院诞生了。该院参照苏俄歌剧院模式构建，环境上采用中央空调，实施无烟管理。这在当时国内是罕见的，至少是粤东第一家。中央歌舞剧院、上海歌剧院、北影明星团等许多高级文艺团体，来这里上演过交响乐、芭蕾舞等节目，影响很大，极大地提升了惠来观众的审美水平。

文昌大厦

文昌当日小天堂，闪烁霓虹霹雳光。
雅马哈车牛仔裤，迪斯科舞口香糖。
物流水起风生处，价值经营业绩量。
从此翻看新世界，开山袁总永难忘。

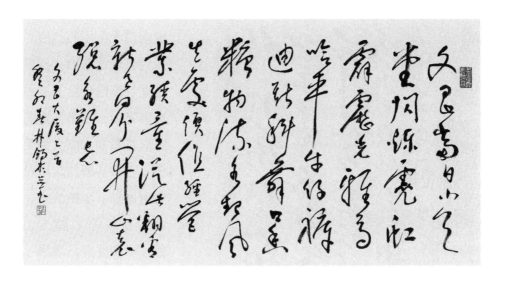

　　文昌大厦，于20世纪80年代初建成，坐落丁惠来县城南门大街和葵和公路交界处，是改革开放初期经济成就的标志，由以袁文锦先生为首的县供销综合贸易总公司投建。公司以文昌大厦为平台，注入了全新的经营理念和管理模式，形成了独特的商业和旅游文化，体现了当时县情的新面貌。

葵阳公园

竹影椰风蔽小园，居然古玩一芳村。
虚名海市声犹在，焕采奎光气欲喷。
新塑铜雕群错落，联襟诸馆撤篱藩。
重来叩首齐呼唤，国柱擎天翁照垣。

葵阳公园位于县城南门大街中心地段。大门有雌雄石狮，钟鼓屹立。园内包含著名古迹奎光阁、惠来先贤翁照垣将军等六座大型雕像、惠来县博物馆以及假山盆景、小桥流水、古榕兰圃等。湖光山色，绿柳婆娑，增添了古城风采。

东港公园

香樟春桂乱花迷，海北山南惠邑西。
耸耸英雄忠义塔，煌煌伟业虎名溪。
平遥旧制新形胜，东港今并古町畦。
月上高朋盈百席，恭仪楼下试寻稌。

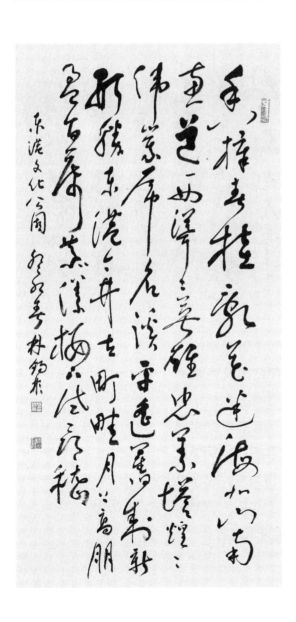

东港文化公园，是东港镇一个集纪念、游览、娱乐于一体的人文景观公园。公园由雄伟的城墙界定，园内由城楼、纪念塔、林家历史纪念馆、九曲廊桥、牌楼、凉亭、书院等景点组成。一步一景，为惠来西部名胜。

狮石乡

背仗金刚面即湖，比干裔脉发南隅。
千年冠盖连云翳，九牧孙枝贯日图。
忠孝家风祠曲尺，峥嵘狮石卷流苏。
难忘进士公林逊，潮汕明朝第一儒。

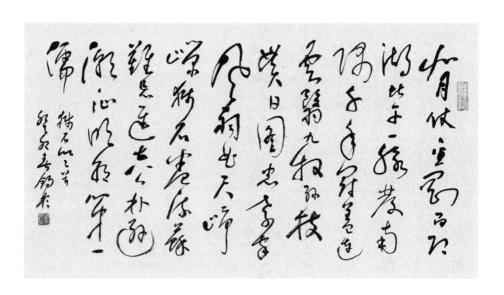

　　狮石村属周田镇辖。乡里背靠金刚峰，面临狮石湖。人口两万多。有良田及水域面积7000多亩。单一姓林，尊商朝圣人比干为太始祖，亦称闽林九牧之后。南宋嘉熙年间（1237—1240），林盛任潮阳县尉，迁居于此创乡，为一世祖。子孙以曲尺祠为本，忠孝家风相传。九世孙林逊于明洪武十八年（1385）中进士，开启了明代潮籍进士的进取之旅。

荆陇乡

怀抱荆山更植槐，厝邻田亩直横街。
是神是祖万山庙，为构为堂二肯斋。
龙首桥碑文化毓，孝坊褒妇节名牌。
千年过眼余风韵，觅迹无须借铁鞋。

仙庵镇京陇村始创于宋绍兴三十年（1160），原名荆陇。自古以来，该村按城市模式规划建设管理，有效地保留了传统村落的物质形态和文化遗产。村里的万山神庙、二肯斋、节妇亭、龙首桥、荆山古寺，历史悠久，文化底蕴深厚，令人流连忘返。

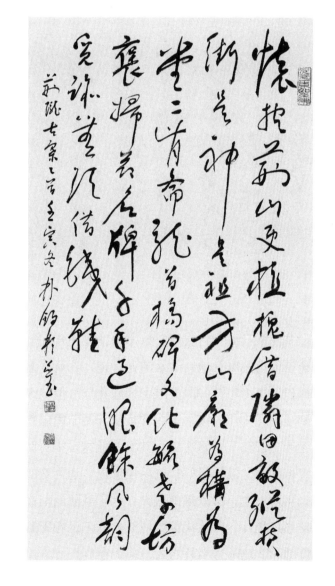

葵城打火醮

盛会葵城祭祝融，十年一醮丙年隆。
宣传用火安全法，祈祷生民稻稷丰。
社社埕头拼戏出，家家路上挂灯笼。
水清龙骨论难定，成就杨门宗秉公。

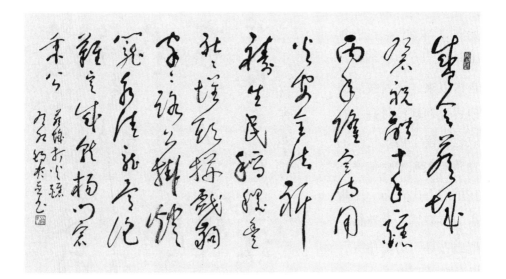

　　惠来县城"打火醮"，本自清雍正年间，知县裘曰菊认为县城属火地，"水清龙骨现"，所以多发火灾。他倡议逢丙年打一次火醮，消除灾祟。但他未及行动就调走了。接任的杨宗秉非常重视，便于丙辰年即清乾隆元年（1736）开始实施。其实，他这是举行防火安全的宣传盛会，效果很好，以后便形成"逢丙必醮"。因为十年才一次，所以规模盛大：除了城隍庙前高搭醮棚悬挂彩灯之外，各社头都要演戏、献艺，各家各户也要张灯结彩，热闹达半月之久，甚于春节。

靖海英歌

靖海英歌领粤东，葵和大道舞群雄。
百单八将龙生猛，四代三传艺化风。
面面獠牙罗汉谱，声声滚槌岭南功。
梁山水泊今朝戏，回首沧桑几步中。

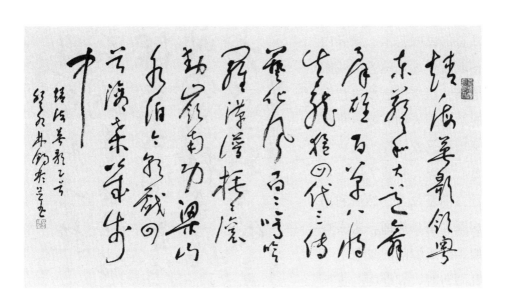

　　靖海英歌是靖海镇民间一个大型群体节目。与其他地方的英歌一样，它歌颂《水浒》中的英雄。经过近代四代艺人不断创新，在原有岭南派弓马步冲拳转换的基础上，大胆吸收了现代步兵的一些擒拿、刺杀动作，增添手指间滚槌的技术难度，提升了观赏性，形成了自己独特的艺术风格。因而被省、市列为非遗重点项目培养。

靖海景屏

造型制景托青天，稚子双双上曙烟。
水面蜻蜓轻足点，衣中钢铁万钧悬。
陈三磨镜成佳婿，蛇女断桥逢许仙。
尽展人间悲喜事，相传专利古城贤。

靖海景屏是靖海镇独特的民间艺术。景屏内容取材于大众熟悉的戏剧情节，以空中造型进行表述。根据人物需要，化妆师用钢筋铁棒作为人物的重心支撑，将演员固定在舒适的座位上，然后利用衣服和道具掩饰，隐去骨架，形成惊险的景象。节日游街时，观众因为支架隐蔽巧妙、了无痕迹而百思不得其解，这样产生了耐人寻味的艺术魅力，深受大众欢迎。

惠城舞九鳄

刺潮有鼎铸韩书，伴舞葵阳九鳄鱼。
人戏凶神船载稳，步纵险境水平初。
四翻八滚惊呼起，对破穿花复自如。
堪叹圣贤无佛助，竟将蛮野带根除。

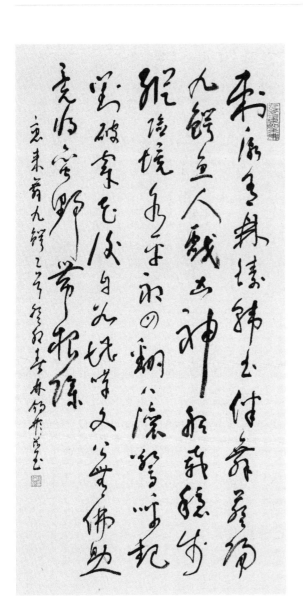

韩文公刺潮做的第一件好事，就是制服了韩江上吃人的鳄鱼。此后，惠来水域也一样断绝了鳄鱼祸害。惠来民间感恩这位圣人，创作"舞九鳄"舞蹈来歌颂他。节目由九位英雄共舞，做四翻、八滚、对破、穿花等高难度动作，表现了鳄鱼嬉戏、作恶、被逐、从善等心理历程，表达了人们劝恶从善的心理追求。

葵潭舞鹤

衔花起舞出云深，侧耳葵潭听徵音。
苏氏救人于急难，上天遣鹤谢仁心。
梭穿烛火蛟龙阵，乐动鸾霄霹雳琴。
俯首低旋犹敬拜，无边瑞色到如今。

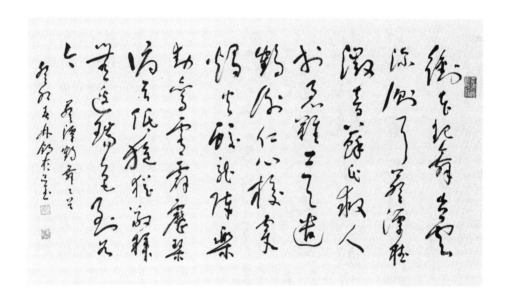

　　相传，葵潭镇苏氏家族的祖先战胜了邪魔，解救乡民于苦难。玉帝大受感动，派了七只白鹤，口衔吉祥花朵前来庆贺。乡民们以鹤形灯座为道具，创作了风格独特的"鹤舞"共庆，世代相传。舞鹤者七人，加上擎灯和鼓乐手多人，头扎英雄巾，身着武士服，互相穿插舞动，引吭高歌，激动人心。表达了人们对美好生活的向往和追求。

大庚园忆旧

古园圣手薛家刀，诗化大庚神笔雕。
别样沧浪明月水，哪堪拙政蘭蔬桥。
书藏子读方灵计，客至壶鸣弄玉箫。
天地成人和合美，长留画意近渔樵。

大庚园位于葵潭镇，由著名企业家周贵容先生创办，聘请中国古园林建筑专家薛福鑫主持设计，于2008年3月落成。大庚园占地面积16800平方米，会聚了苏杭古典园林艺术的精华，其中又不乏潮州地方建筑风味，为中国美术家协会写生创作基地。

靖海风力场

漫叹天涯无用场，飞沙更怨处洪荒。
一朝动力成供电，遍立风车蔽海疆。
扇叶逢迎趋势转，表针日夜数钱忙。
惠来改号能源县，国企称它好地方。

靖海镇背山面海，风力资源丰富。省电力公司捷足先登，在靖海海边的沙滩、荒地利用风力遍竖"螺旋桨"发电。加上火力发电厂，惠来被称为能源大县。此亦家乡现代化一景观也。

芦园早市

电筏飞声下浪山，船身融雪涤沙还。
竹筐鱼蟹搬工急，网络营销产量攀。
市早已非头手货，价廉谁计海中艰。
纷纷讨得心宜后，回首芦园寂寂湾。

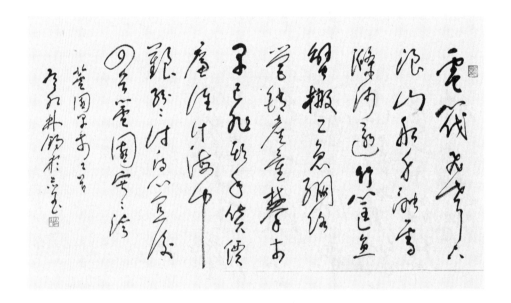

　　神泉镇芦园是一个著名渔村。每天早上，凌晨出海的
浅水渔船和竹排满载着生蹦活跳的鱼虾产品踏浪归来。早
就等候在此的惠城、潮阳、汕头等地的商贩，一窝蜂向船
头围拢过去，几乎到了只要得手、无须讲价的地步。但往
往船未靠岸，买家已从网络、手机上将货订购了。很多人
只能认购二手货。丰收时节，掉价、甩卖、浪费资源的现
象，也时有发生。

卷十四 ◆ 美食

隆江猪脚

葵阳经往品殊滋，竞问隆江猪脚奇。
武火文攻时半晌，老抽熟酱酒些儿。
味宜四面八方蕾，肥合三高两性脂。
食肆名牌争注册，一壶伴醉入乡思。

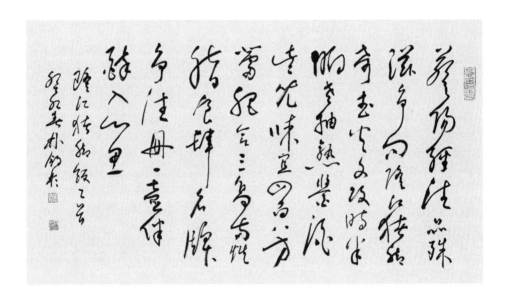

　　隆江猪脚，得名于原产地隆江镇。隆江猪脚，肥而不腻，入口香爽，深受消费者喜爱。其秘制的卤料配方中有中药材香叶、八角、桂皮、陈皮、冰糖和酒等，经从武火到文火的控制烹煮过程而形成美食中的珍品。

惠来鱼丸

神泉靖海拍鱼丸，晨市晚墟谁不叹。
粒粒乒乓弹半米，方方宾客点三餐。
味从鳗仔那哥取，香出筋头骨节端。
犹忆娘亲双手巧，一鱼多菜满堂欢。

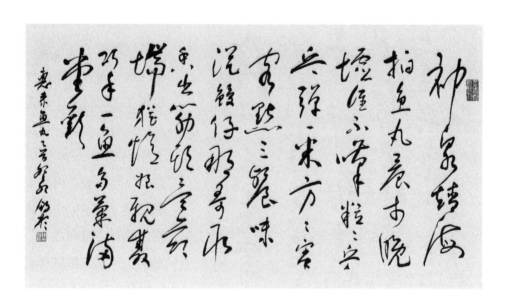

　　惠来鱼丸是潮菜的一大特色，以神泉港、靖海港的出品为代表，清香甘脆，给人以声色感受。在惠来饮食，无论宾主，三餐必点的菜，往往是鱼丸。鱼丸主要取鳗鱼、那哥鱼鲜肉，经利刀快手，加蛋清、食盐少许糅合捏成。我母亲是拍鱼丸好手，一款鱼除了做出鱼丸之外，还可以将余料经过煎、炸、焖、炖做出几样菜式来，深受欢迎。

靖海鲍鱼

海耳充鱼誉远扬，叔牙知味始登堂。
有名九孔无心眼，无骨中间有肺肠。
死混秦皇尸腐臭，生为国宴首盘香。
珍奇亦有兴衰运，犹似沧桑见短长。

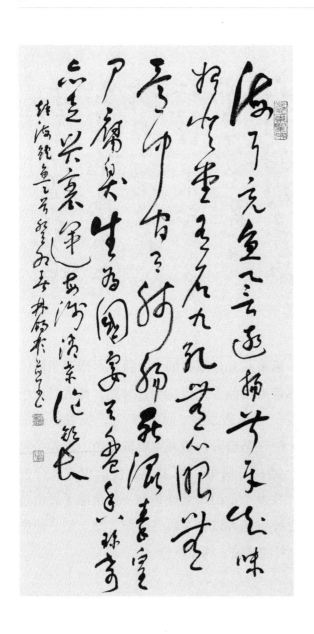

鲍鱼，古称鳆，又名镜面鱼、九孔螺、明目鱼。因古贤鲍叔牙知味食之而得名。名为鱼，实则不是鱼，它属于鲍科的单壳海生贝类，呈椭圆形，肉质柔嫩细滑，滋味极其鲜美，素有"海味之王"之说。传说秦始皇驾崩后尸臭，怕惹人评说，臣下遂以臭鲍鱼混味，避人口舌。因而鲍鱼也受人讨厌过。盖物运亦有兴衰也。

惠来荔枝

夏日荔枝红染霞，葵潭葵岭塞房车。
上京贵客宜乌叶，去省乡亲拣凤花。
冰肉华湖明似玉，清香东港果无渣。
只因未到杨妃口，才入寻常百姓家。

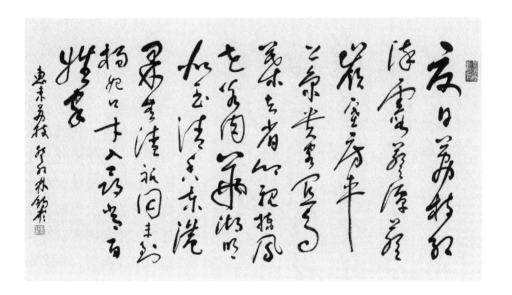

　　惠来荔枝是惠来县的特色产品，主要品种有凤花、乌叶、糯米糍等。惠来荔枝成熟于6—7月中旬，因地理因素特别，造就了它的特殊风味和优良品质。全县总产量产值排全省前5位，是粤东地区最大产区，主要分布于葵潭、东埔、鳌江、东港、侨场、溪西、惠城、华湖、隆江、东陇和神泉等地。

葵潭菠萝

莲座纵横列阵斜，刀光剑气护芯花。
风吹过境残云痛，日晒流香唤客嗟。
外表难看心雪蜜，怕人多占面獠牙。
功能特异医生异，竟使肥肠瘦一些。

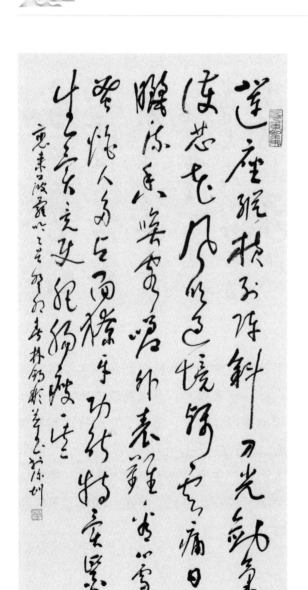

菠萝，又称凤梨，是惠来县的特色产品。它茎短，叶多而长似剑，呈莲座式排列。叶的边缘有齿，顶端常带褐红色。花序于叶丛中抽出，状如松球；苞片基部绿色，上半部淡红色，三角状卵形；萼片宽卵形，肉质，顶端带红色；花期夏季至冬季。果实大而酸甜，是消滞降脂的美味佳果。

惠来龙眼

忍看剥食帝王珠，众舌奈何香味殊。
龙眼皮粗难媚俗，荔枝色艳实堪虞。
长将淡薄赢臃肿，更补心脾远大夫。
底事葵阳封至宝，药方菜谱各相需。

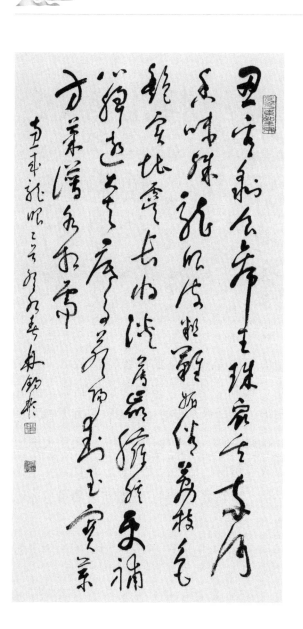

龙眼，是惠来县著名山珍，与荔枝齐名，为岭南佳果之一。以惠城、葵潭、东港等地的出品最优。龙眼果近球形，外表为黄褐色，外壳稍粗糙，果肉薄而透明，果核为茶褐色，光亮。其花在春，果在夏。其果肉富含维生素和磷质，有益脾、健脑的作用。鲜果可以做菜，果干和核粉可以入药，滋补心脾。

靖海豆辑

靖江豆辑配奇方，面拌花生白肉瓢。
硬板大槌男子力，明糖薄膜美人妆。
不粘皓齿通灵窍，更溢双腮扑鼻香。
寸寸方方心意在，茶间一见倍思乡。

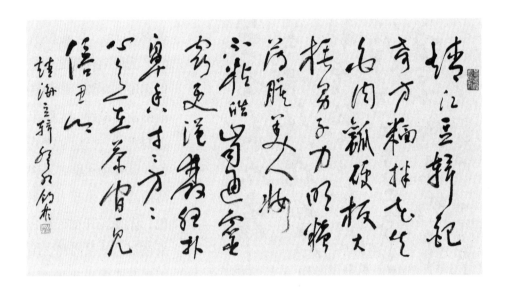

　　靖海豆辑是惠来县的传统特色名点。它采用花生、面粉、芝麻、猪油等食材制成，其配料和制作十分讲究：先要把花生仁炒到不焦不生程度，碾瓣去膜，用木棒反复捶打；再用大槌压平，碾成豆辑皮；然后包上明糖；再切成一寸见方的小块。形态赏心悦目，吃起来香甜可口，风味独特。

隆江绿豆饼

隆江兼擅饼炮煎，绿豆杏仁糖细研。
情足稠浓缠眷侣，意真素淡供神仙。
酥皮透澈千层薄，巧手生香五味鲜。
卷卷看来轻又重，百年万里寄团圆。

隆江绿豆饼是惠来县著名的传统名点，又名"神仙眷侣饼"，至今已有100多年历史。它选用绿豆粉、白砂糖、花生油、杏仁、芝麻等主要材料，经手工方式精制而成，口味香浓、松化，以其酥皮清晰多层、入口即融、馅心冰甜而闻名，深受消费者喜爱。它尤其适合老年人及儿童食用。产品畅销于国内各大中城市，在我国港、澳及东南亚地区也深受欢迎。

附录：贺诗

贺林锡彬先生《惠来百景诗》付梓

（按来稿时间顺序）

杨文才

漫洒丹青绘妙真，诚将吟卷报乡津。

新风起处山披锦，老骥嘶时气拂尘。

南海云闲波潋滟，西楼月朗酒香醇。

负薪早立买臣志，今唱阳关五百春！

林坚明

葵阳百景振人心，一卷诗书话古今。

引领吟坛添异彩，唱开时代遏云音。

方文瀚

百景新诗颂惠来，丹青似锦细舒开。

钟灵毓秀好风水，邹鲁海滨多俊才。

五百年来经巨变，三千人杰起惊雷。

难能大作如佳酿，展读之余慨满怀。

吴大汉

屠龙巨笔写葵阳，泻玉倾珠锦绣章。
拍岸涛惊客鸟尾，堆云黛簇金刚帚。
随园诗话叹纨扇，铁血沪淞铸怒枪。
月滉渔舟星入海，风吹坛杏树含璋。
豪吟百首诗如画，天宝物华耀梓乡。

陈继豪

《忆江南》三韵
春秋景，尖顶百花奇。
海市蜃楼天降瑞，神泉甘洌接瑶池，山水妙参齐。
龙江绕，榕石自天成。
石壁寮庵童子会，所城靖海向君迎，古意载文明。
神童地，超月得真禅。
抗日照垣惊敌胆，峥嵘人物尽英贤，美意古今延。

陈连科

管赵风流谈笑过，乐山乐水自吟哦。
三千楮墨惊邹鲁，百景诗文胜玉珂。
骚客几能追北海，吾侪最喜说东坡。
韦编翻绝真观止，对酒狂斟横槊歌。

陈松春

奉读华章喜不胜，惠来百景续双庚。
山川灵气昌文化，忠烈遗风壮古城。
渺渺烟波连日出，欣欣草木向春荣。
林公翰墨龙蛇舞，新集长宜启后生。

李建希

（一）

百首景诗心血过，惠来风物锡彬哦。
海山云荡星辉野，日夜泉奔棹近鹅。
斗射琼林文曲舞，龙潜渊水浦鸥歌。
纵横笔下皆奇句，一册参天雨露多。

（二）

叠起相思一片真，餐霜饮露望龙津。
妈妈味道常成梦，夜夜乡心不染尘。
义薄云天风古朴，月明山水德鸿醇。
高怀漫写葵阳事，更赋隆江两岸春！

徐仲南

（一）

全景葵阳绘者稀，先生老笔有清晖。
读书仙井传新晋，为政神泉感昨非。
吟到故园情宛转，行穷遗迹事睽违。
写来百首何难也，已见灵光入化机。

（二）

气脉推寻自有根，家山犹具古之魂。
人逢四举延嘉庆，寺放百花仰厚恩。
浩荡千流飞黛瀑，苍茫一海望烟墩。
收来笔底呈诸象，不待回乡也细论。

王巨山

欣赏高人惜墨斋，挥毫运力展雄才。
吟鞭照亮月光美，画卷连成海市开。
百景清新诗浪漫，三春绮丽赋铺排。
一方灵秀竞风雅，澎湃心潮赞惠来。

张松琦

惠来轩景四时过，惜墨斋房吟笔哦。
争唱黄鹂娇比管，联翩白鹭俏如鹅。
春风常在声声慢，秋雨低回点点歌。
五百年间从未竭，痴情反比细枝多。

李跃贤

笔泛霞烟蜃景过，春光濡墨放吟哦。
千寻诗意臻仙境，十景缤纷醉素娥。
惜墨风华君子气，惠来山水霸才歌。
滔滔神韵连南海，荡起文澜故事多。

李斯达

惠来堪比五云乡，仙境人间华夏扬。
胜水钟灵生紫气，名山毓秀驻青阳。
隆江靖海甘泉美，龙眼荔枝珍果香。
故土情深倾笔下，英歌鹤舞乐无央。

林凯平

潮邑桑田驹隙过，春风陶醉恣吟哦。
笔端墨满翥鸾凤，诗篋香盈博白鹅。
归驿经窗俱是景，到乡洗耳悉为歌。
只今旷望龙江水，五百年来感慨多。

蒋振惠

欣逢五百县门开，会长赋诗为笔魁。
鸟语花香连浦屿，小桥流水衬仙台。
乘光品景银涛涌，踏浪放歌骚客来。
画卷相留情意远，千年风雅赞高才。

张光珍

笔韵灵诗心血过，霞光万道动吟哦。
兰亭泼墨斟佳境，荔苑挥毫映彩娥。
远近沧桑南粤驻，东西风物论坛歌。
惠来满腹经纶句，一册文章精典多。

黎秀清

海角甘泉曾饮过，藏龙古洞起吟哦。
金狮寺貌如人仔，十力禅师释雪鹅。
靖海城墙标圣迹，松观大庙唱豪歌。
神童文采今犹在，伏案挥毫丽句多。

张帆

笑看人生意趣多，凭来雅致寄清哦。
倾怀细写故山胜，信笔随吟游子歌。
爱与龙江钩月影，长教靖海览云波。
安闲每是心头热，为有乡风民气和。

梁英剑

霁日今天喜讯多，心怀故里作清哦。
浮生有寄圆初梦，往事长吟放浩歌。
胜景群瞻连月色，新图一展起云波。
遥情翰墨从头越，又是东风万物和。

刘立荣

惠来百景润诗田，惜墨千寻凝俊贤。
苏福神童真帝子，蔡阳佛庙尽儒仙。
渔矶古邑英歌舞，海市明灯蜃阙悬。
同举侨乡宣圣泽，再行丝路报尧天。

跋

美丽的故乡，是游子心中的至爱。一草一木，无不像骨肉一样亲切。

20世纪70年代，我随县文艺宣传队下乡演出，十年间几乎走遍了惠来的乡镇，领略了山川形势、感受了县情乡风；80年代又曾参加《惠来风光》画册的编撰，有幸见识了不少名胜古迹。故乡丰富的风物人文，长期熏陶着我。

去年八月，我收到县里寄来的《推进惠来县建县五百周年系列工作领导小组办公室简报》第一期，高兴之至，激发了我写诗歌颂故乡的强烈愿望。我觉得有责任，将惠来的美好形象，以诗的形式，向世界展示——由此拉开了"百景"的写作之旅。

集子脱稿之后，著名诗人、青年文艺评论家罗锡文应邀作序。他虽是普宁市人，但对惠来县情十分熟悉，又是我诗词作品的第一读者。果不其然，他的论述行文流畅，视角独特；后来，著名诗人、书法家邹国荣先生也写了精彩评论，法眼及微。

在初稿征求意见过程中，陈章、杨文才、陈文、陈松春、李建希、吴大汉、黄重远、陈荣辉等专家学者先后提出了宝贵的修改意见，使拙作质量明显提升。

获知拙作付梓，著名诗人杨文才、林坚明等诗友热情赋诗，表示祝贺，真挚感人。

尤其令人高兴的是，全国政协原常委、深圳市委原书记、著名诗人厉有为先生热情为本书题词"惠来风光好"，使敝县河岳增辉。

更承编审陈章、陈荣辉，主编陈松春，编辑设计林于思诸位为本书的出版付出了辛勤劳动。在此，谨向上述诸君一并致以衷心感谢！

因有个别修改，凡书法与释文不一致者，以释文为准。又，本人音律粗疏，学养浅薄，谬误在所难免，敬请读者诸君多予批评指正。

诗曰：

一日一诗三月过，春光伴我动吟哦。

峰岚滴翠常回首，庙里挥毫笑换鹅。

深浅沧桑南海味，东西风物北山歌。

惠来几夜成香梦，五百周年置县多。